書下ろし

悪女刑事(デカ) 東京崩壊

沢里裕二

祥伝社文庫

目次

プロローグ

一九八六年二月

いまにも雪の降りだしそうな朝だった。赤坂(あかさか)の街はまだ仄暗(ほのぐら)い。

俺は、白い息を吐きながら、幌(ほろ)付きトラックの荷台に、渾身(こんしん)の力を込めてドラムケースを担(かつ)ぎ上げた。重い。

「くっ」

肩の骨が軋(きし)む音を立てる。俺は歯を食いしばった。

「バンマス、このバスドラ、やけに重くないっすか」

円形ケースの反対側を担ぎ上げているバンドボーイが大きく息継ぎをした。頬(ほお)が真っ赤に染まっている。

「いいから黙って担げ。先週よりも報酬(ギャラ)は弾んでやる」

「わかりました」

ボーイが、さらに押し上げた。

ドラムケースがごろりと荷台の中へと転がって入った。

俺は運転席に走った。

エンジンキーをまわすと荷台と幌がガタガタと音を立てた。低年式のいすゞエルフだ。無理もない。ヘッドライトを点灯させると、未明の一ツ木通りに、すっと二筋の光明が飛んだ。

行く手は明るい。俺は自分の運を信じることにした。

助手席にバンド・ボーイが座ったのを確認して、アクセルを踏み込んだ。

晴海通りに入ると、いよいよ本格的な雪が降ってきた。ワイパーをハイスピードで回転させ、前屈みになって運転した。

ヘッドライトに照らされた雪は、まるで桜吹雪だ。雪片がこれほどライトに反射するとは思ってもいなかった。おかげで、視界はかなり遮られた。何度かスリップし肝を冷やす。

それでも三十分で、どうにか目的地に到着した。

市場だ。正面ゲートはすでに解錠されていたが、場内はまだ静まり返っている。仲買人たちがやってくるのは、まだ少し先のようだ。

俺は、駐車しているターレーの群れを横目に、エルフをゆっくり進め、場内の端にある古びた倉庫の前に駐めた。それは、コンクリートの地肌にいくつもの罅が入った、港町の名画座のような佇まいの倉庫だった。

先にバンド・ボーイが降りて、錆びた鉄製の扉に歩み寄る。

鍵を開け、扉に張り付くような恰好になったボーイが、身体を左に思い切り動かした。鈍い音を立てて、舞台の緞帳のように鉄扉が開くと、中が真っ白に見えた。

倉庫内にエルフを滑り込ませると、フロントガラスにたちまち結露が浮かんだ。それもそのはず、倉庫の壁につけられたデジタル温度計は零下二十度を示している。

壁際には、発泡スチロールの箱が堆く積まれていた。床は、古参のベーシストが教えてくれた通り、鉄板敷だ。

俺は、素早く胸ポケットからメモを取り出した。

縦十一枚目。横二十五枚目。

そうメモに記された位置の鉄板を剝がすと、床下に約一平方メートルの収納庫があった。三十年ぐらい前に、よく取引に使われていた隠し収納庫らしい。当時はこの床下収納庫も保冷されていたと聞く。

もちろん、いまは空だ。

「この中にドラムケースを下ろす」

俺たちは、エルフの荷台から、丸いドラムケースを下ろした。上げる時よりも下ろすほうが面倒くさいが、乱暴には取り扱えなかった。二人で腕を震わせながら、どうにか下ろした。

「うっ。何ですか。この重さ」

着地させたとき、ボーイが軽い呻き声をあげた。爪先に留め金が当たったようだ。片足をあげてケンケンしている。爪を潰すと厄介なことになる。

「おい、大丈夫か」

通常のバスドラムが入っているのならば、なんら問題ない。だが今このケースの中身は、六十キロほどある。当たりどころが悪ければ、指を潰す。

「平気っす。バスケットシューズの先がちょいと破れたようですが、指は平気ですよ」

ボーイが笑って見せる。

「なら、転がそう」

俺たちは、ドラムケースをタイヤのように転がしながら、収納庫の中に落とした。

「急いで仕上げをしよう」

俺はエルフの荷台に戻り、園芸用の腐葉土の袋を下ろした。二十キロの袋を二袋だ。手伝おうと歩み寄ってくるバンド・ボーイのことは制した。

「おまえは鉄板のビスを打ってくれたらいい」

足指の負傷をこじらせたくはなかった。

俺は、腐葉土の袋の口を開け、収納庫の中へと撒いていく。ドラムケースが見えなくなるまでたっぷりと撒いた。隙間も埋まったはずだ。背中に汗をびっしょりかいていた。早く帰って、風呂に入らねば風邪をひきそうだ。

「あとを頼む」

バンド・ボーイに蓋をするように頼み、俺は、エルフの荷台に寄り掛かった。日頃の不摂生がたたり、もうくたくただった。

鉄板のビスを打ち終えたボーイは、まだ足を引きずっていた。くたびれたバスケットシューズの右の親指のあたりが破れている。ドラムの稽古はしばらく出来ないかもしれない。

「ギャラを上乗せしてやる。本革のブーツでも買ったらいい」

「まじっすか」

ボーイが眼を輝かせた。

「だから、このことは一切、忘れろ」

「はい。自分は全然わかってないんで。とにかくお金をいただいたらドラムセットを買うつもりです。いつか『ロハスブリード』の正ドラマーになれるように、練習しますよ」

二十歳の若者は大学で軽音楽部に所属しているという。

「バカ言え、ハコバンのドラマーなんて、使い捨てだ。本格的にミュージシャンを目指すならオリジナルを磨けよ。コピーがいくらうまくなってもそれはただのプレイヤーだ。レコードの出せるミュージシャンになりたかったら、オリジナリティーを磨くしかない。いい曲を作れよ」

前途洋々たるバンドボーイに発破（はっぱ）をかけた。

若者は、大きく頷（うなず）いた。

俺も、ここからのし上がるつもりだ。ハコバンのドラマーなんぞをやりながら、キャバレーのブッキング屋で終わるつもりはない。男三十五歳。ここらが転換のしどころだ。

思わぬきっかけで、何人もの人間から大金や貴金属を預かることになった。しかしその持ち主の大半が、先週から一気に海外逃亡し始めた。彼らは恐らくもう南平台（なんぺいだい）に戻ってくることはないだろう。

来月には、南平台の主要スタッフも入れ替わっているだろう。そうなると、あの店の事情も相当変わる。

たまたま見てしまったんだから仕方がない。こいつも、欲をかき過ぎたということだ。資産はきちんと受け継いで、国のために使ってやることにする。

競りが始まる時間らしい。扉の外が喧しくなってきた。

エルフを外に出すと、白々と夜が明けていた。場外に出るなり、俺は、ボーイに封筒を渡した。百万円入っている。

「一度、おまえのドラムはきちんと聴いてやる」

こいつのことは、しばらくは手元に置いて、監視しておく必要がある。俺はそう思った。

「自分、パールかタマで迷っているんですよ。バンマスのはパールでしたよね」

「あれでよければ、くれてやる。新品を買うならしぶいところで、グレッチっていう手もあるぜ」

「チャーリー・ワッツっすね」

ボーイが前を向いたままスティックを振る真似をした。カーラジオをつけると今月発売になったばかりの中森明菜の新曲が流れてきた。

とてつもなく頽廃的な詞だ。

いまの繁栄が、そう長くは続かないということを象徴しているようにも聞こえる。

そんなことを思いながら、俺は雪の轍が出来始めた晴海通りをさらに慎重に運転した。

こんなところでスリップ事故を起こし、カーラジオから聞こえてくる歌詞のように、真っ逆さまに落ちるなんて、まっぴらごめんだ。

第一章　恫喝捜査

二〇二〇年四月

1

午後四時。

「急いでっ」

黒須路子は、相棒の肩を叩いた。

「はいっ」

上原淳一が、ボストンバッグからガスバーナーのノズルを引きだした。すでに溶接用の遮光仮面を被っている。

「そのお面、まるで中世の騎士みたいね」

からかってやる。緊張する任務の場面では、ときに軽口（かるくち）も大事だ。

「いやいや、姐（ねえ）さん、これ鉄製なんで、顔に着けると、意外に重いんですよ。まぁ、この時期、完璧なマスクとも言えますが」

新型ウイルスの蔓延（まんえん）で、全国に緊急事態宣言が発出（はっしゅつ）された直後だった。

シールドの奥で片眉を吊り上げた淳一は、すでにトリガー付きのノズルを握っていた。

ホースはボストンバッグの中の一升瓶サイズのガスボンベに繫（つな）がっている。

六本木（ろっぽんぎ）の飲食店ビルの六階。

キャバクラ『ＢＵＢＢＬＥ』の扉の前だ。休業中とあってエントランスはスチール製の防災扉で覆われている。そのためガスバーナーの登場となったわけだが、ガスバーナーとチェーンソーは借金取りにとって必携の武器（アイテム）だ。

「やっちゃってちょうだい」

路子は、バイク用の防塵（ぼうじん）マスクをしたまま顎（あご）をしゃくった。自分は一歩下がる。黒のパンツスーツを焦がされたくない。淳一は濃紺の作業着姿だ。泰明（たいめい）建設のロゴ入りだ。

「うぉっす」

淳一がガスバーナーのトリガーを弾いた。ぼっ、と青と黄色の炎が飛び出した。炎の先端が防災扉のドアノブの周囲にぐるりと当てられていく。

ガス臭い。路子は、バイク用の防塵マスクをつけながら、淳一の作業を見守った。

五分ほどで、ノブの周囲が四角く切り取られ、細長いロックバーが見えてきた。

淳一は、ふうとひと息入れ、さらに三分ほどかけて、そのバーも焼き切った。ロックバーという支えを失った防災扉が、支えがはずれた反動でわずかに開く。

第一関門突破だ。

路子は、擦過音（さっかおん）を立てないように、慎重に防災扉を引き開けた。

内側からは店の扉が現れる。

漆黒（しっこく）の木製扉に『ＢＵＢＢＬＥ』と彫りこまれた金のプレートが貼られていた。耳を澄ますと、店内から微（かす）かにＢＧＭの音が聞こえてきた。古いビッグバンドジャズ。グレン・ミラーの『ムーンライト・セレナーデ』のようだ。いい気なものだ。

「チェーンソーもあるわよね」

淳一に確認した。

「もちろんですよ。うちは建設業ですから」

遮光面を取った淳一がニヤリと笑う。傍らに置いた大型ボストンバッグからチェーンソーを取り出した。

スイッチを入れた。軽快なモーター音が通路に響く。

「一気にくりぬいちゃって」

路子が言うなり、淳一が扉の右上に刃を入れた。けたたましい音と共に、無垢材の木くずが飛んでいく。

すぐに刃が扉の向こう側に抜けたようだ。そこから一直線に引き下げ、扉の縁に沿って刃先を動かしていく。

一筆書きで長方形を描くような感じだ。ほんの十秒で刃先は、扉の四辺の内側を一周して元の位置に戻った。

淳一が一歩、さがる。

仕上げは、路子の役だ。

「せーの」

安全靴で、思い切り扉を蹴り飛ばした。

巨大な将棋の駒が倒れるように、板が向こう側の床へと落ちていく。

派手な音が上がった。

同時にキャバクラ『BUBBLE』の広々としたエントランスが目に飛び込んできた。

濃緑色の絨毯の先に大理石のカウンターがある。休業する以前は、このフロントの両サイドに、サングラスをしたアフリカ系のボディガードが仰々しく立ち、タキシードを着た黒服が、恭しく客にお辞儀をしていたものだ。

「おいっ、こらっ」

さすがにこの爆音に気付いたのか、奥のフロアから三人の男が駆け寄ってきた。それぞれ金属バットを握っている。それよりこの男たち、マスクをしていない。金属バットを振りまわされるより、今は危険だ。

「カチコミとは上等じゃねぇか。おまえらどこの者だ」

先頭の巨漢の男が路子を認めて凄んだ。背後の二人は痩身だ。

三人とも光沢のあるスーツを着込んでいた。

ひと昔前までのヤクザとは大違いで、髪型も全員ふわりとしたツーブロックで、ぱっと見は、まるで成功した若手実業家たちだ。半グレ上がりの新興ヤクザ『六魔連合』。この店のケツ持ちをしている連中だ。

「いや、あんたらには、用はないんだけど」

路子は、淳一からガスバーナーのノズルを受け取り、巨漢の男に向けた。身体が一番大きいので狙いやすい。ただし間合いは、二メートル。銃弾ではなく炎なので、これでは距離が足りない。炎は五十センチが限界だ。ソーシャルディスタンスを取っている場合でもない。

「はぁ？」

先頭の男が、かったるそうに首を傾(かし)げた。

「ここに出入りしてる客に、うちの債権が、飛ばされてね」

路子はホールに向かって声を張り上げた。

「舐(な)めた口をききやがって。その扉代、一億じゃ済まねぇぞ。あんたどこの金貸しだよ」

巨漢の男がまくし立てた。唾(つば)が飛んでくる。やはり取り立てにもソーシャルディスタンスは必要だ。

「銀座(ぎんざ)の黒須よ」

路子は片眉を吊り上げた。

「悪いが、ここには俺たちしかいねぇよ」

「ごちゃごちゃ話している暇はないのよ」

路子はノズルを持ったまま一歩踏み込んだ。

「うるせっ。てめえ、ひん剝(む)いて、ＡＶ女優にしてやるっ」

背後に控えていたふたりが、いきなりバットを振りかざしてきた。

うまく、飛び込んできてくれた。

間合いが一メートルに詰まったところで、路子はトリガーを引いた。ノズルから青と黄色の炎が噴き出る。先に飛び込んできた右の男の手首を狙った。

「ユー、燃えちゃいなよ」

「わぁっちっち」

男はバットを放り投げた。スーツの袖は燃えていた。シルクの焦げる臭いがした。すかさずノズルを左に向ける。バットの尖端が、路子の肩にかかる寸前だった。

男の顔に炎が伸びた。

「うわぁあああ」

男は本能的にバックステップを踏み、飛び退いた。炙ったのは眉毛ぐらいのようだった。

「痛てぇ！」

巨漢の男が尻もちをついていた。淳一が、回転するチェーンソーを男の右足に食い込ませたようだった。

「おめぇら、狂っている。ヤクザにこんなことしてすむと思ってんのかよ」

尻もちをついたまま、男は唇を震わせている。

「いいから、焼き殺されたり、骨までけずられたくなかったら、全員、スーツも下着も脱いで、真っ裸になって」

路子は、ガスバーナーのノズルを向けたまま顎をしゃくった。淳一もチェーンソーの刃の回転速度をさらに上げ威嚇する。

バットを手放してしまった三人のヤクザたちは、渋々服を脱ぎだした。ヤクザは置かれた立場を理解するのが早い。鋭い眼光で路子を睨みながらも、どんどん脱ぎ始めた。巨漢の男は胸に剛毛を生やしていた。

トランクスも脱いだ。すっぽんぽんだ。三人とも男根は萎縮していた。

「みんな、自分のトランクスを、丸ごと全部口の中に押し込んで」

命じるとヤクザたちの頬がヒクついた。

隣で淳一が「姐さん、相変わらず悪趣味ですね」と呟く。路子は肘で淳一の脇腹を突いた。刹那、うっかりトリガーを引いてしまった。

ガスバーナーのノズルから炎が噴射する。巨漢の男の胸毛を焼いた。

「おいっ、わかった、わかった。言う通りにするから」

巨漢の男が焦げた胸毛を手のひらで払いながら、ブランド物のトランクスを丸めて口に押し込んだ。苦虫を噛み潰したような顔になる。ほかのふたりもこれに続いた。

「淳ちゃん、巻いちゃって」

「はい」

チェーンソーをいったん床に置いた淳一が、両手両足を結束バンドで締める。粘着テープで男たちの口も頭ごとぐるぐると巻く。日ごろから梱包業務もこなしている淳一は素早い。こんな時はやはり建設会社の社員が役に立つ。

作業が終わると、淳一がチェーンソーを寄越した。ここでも仕上げは路子の役目だ。

「勃起していないから、切りにくいけどね」

回転する刃を巨漢の男の陰茎に向けた。男は目を剥き、激しく首を振った。呻いている声が洩れる程度だ。

路子は、亀頭と棹の境目にすっと刃を向けた。

男が激しく身体を震わせ陰茎の尖端から噴水を上げた。

「冗談よ」

刃先を引いた。同じことをほかのふたりにも試みた。冗談でも、間違いはある。他のふたりも噴水した。

相手の戦意を完全に奪ったところで、路子は通路を進んだ。

ＢＧＭのジャズが流れたままだ。曲は『イン・ザ・ムード』に変わっている。

エントランスとホールは二十メートルほど離れているので、騒ぎの様子は届いていないようだ。ＢＧＭには客の笑い声が交じっている。長閑なものだ。

広々としたホールに出た。六本木でも大箱として通っている店だ。優に百人は入るホールの天井には三基のシャンデリアが煌々と灯っていた。

ただしキャバクラとしてのソファやテーブルはすべて片付けられている。

代わりにホールの中央にルーレットとバカラのテーブルが据えられ、その二台を取り囲むように、ブラックジャック用の小卓が四台設置されていた。

さらに壁際に並ぶ液晶モニターは、バニーガールの恰好をした美女がカードを持って微笑んでいる様子を映し出していた。オンラインカジノだ。

客はざっと二十人。それぞれ、勝負に夢中になっている。新型ウイルスが三月中旬から国内でも急速に感染拡大しだしたため誰もがマスクをしていた。

視線をルーレットテーブルに這わせた。

四十がらみの男の背中が見える。日ごろとは異なるブランド物のスーツを着ている。北野喜久雄だ。指でチップを弄んでいる。

路子は、尻ポケットからスマホを引き抜き、ひとりでルーレットテーブルに進んだ。ここからは、ガスバーナーもチェーンソーも必要ない。身元をばらす一言だけでいい。淳一は通路に待機させた。

北野にいきなり声をかけてやる。

「おっさん、返済日は昨日なんだけど。遅れたからには、全額戻してくれる？」

「なんだいきなり」

振り向いた北野に、スマホを向ける。シャッターを押した。北野の顔がフラッシュの光に照らされた。

にわかに周囲の客が顔に腕や手のひらの甲を当てて、飛び退いた。

「ごめんね。取り立てがすんだらすぐに引き上げるから」

路子は、ほかの客を見回し、声を張り上げた。客たちは、壁際に寄っている。すぐに黒服を着たディーラーたちが客の前に立ちはだかった。

「黒須、てめぇ」

眼を瞬かせた北野が、胸倉を摑みかかってきた。路子は北野の股間を摑んだ。睾丸をがっちり手のひらの中に包む。

「元利合わせて、五十二万五千円。きっちり払ってちょうだい」

そのままぎゅっと握る。

「くっ、いま、その金を作っていたところだ」

北野が苦渋に満ちた表情で口を開いた。警視庁生活安全部保安課の警部補だ。刑事が闇カジノに出入りしているのは珍しいことではない。北野は、三年前まで麻布西署の生活安全課の風俗担当だった刑事だ。

「いくらになったの？」

「まだ二十万しか、出来てねぇ」

額に汗を浮かべながら北野が、チップの山を指さした。

「なら、店に残りの額を借りなよ」

「ふざけんなよ。毎月利息だけで、元金は十二月までジャンプでいいって話だろう」

「それは、返済日にきちんと利息を入れた場合よ。一度でも飛んだら、元金ごと返済という約定になっているでしょう」

「たった一日のことじゃねぇか」

北野が喚(わめ)いた。睾丸を握る手に思い切り握力を籠(こ)めた。クシャッと潰れる音がする。

「ぐえ」

北野が、その場に崩れ落ちた。

「ちょっと、お客さん、やりすぎでしょう。入り口の扉、どうしてくれるんですか？」

奥の扉が開いて、ブリティッシュブルーのスーツを着た男が出てきた。彫りの深い顔に浅黒い肌。愛想笑いを浮かべているが、眼光はやたら鋭い。

横山祐一(よこやまゆういち)。このＢＵＢＢＬＥを含めて六本木と赤坂(あかさか)に合計十店舗のキャバクラとラブホテル五軒を経営する華岡(はなおか)観光の総帥だ。まだ三十八歳のはずだが、たいした貫禄ぶりだ。

華岡観光を興したのは八年前。急成長だ。

「偉そうなこと言わないでよ。賭博開帳図利(とり)の現行犯で手錠(ワッパ)掛けられたい？」

路子はジャケットの胸ポケットから警察手帳を取り出し開示した。

警視庁組織犯罪対策部総務課。警部補。総務課と言っても一般企業の総務課や警察内の事務部門である警務部とは異なる。犯罪集団の情報収集や対策企画の立案を行う部門だ。

横山が歩を止めた。歯を食いしばっている。

「黒須！」

床に転がり股間を押さえていた北野が声を張り上げた。顔は蒼白だった。

「北野警部補も、ここまでね。いまから警務部の監察官にここの写真送信するから」

路子は北野を見おろしながら、スマホをタップした。

「おまえ、まさか……俺を監視下に……」

北野は、床の上で、観念したように大の字になった。悟った顔だ。路子は肩をすぼめて、曖昧(あいまい)に笑った。

「こいつが刑事だって知っていて、賭場(とば)に抱きこんでいたんでしょう」

路子は横山に向き直った。

「まあね。捜査協力費のつもりで勝たせていたんですが」

「ついでに、売春捜査の捜査情報も取っていたと」

「滅相もない」

横山が顔の前で手のひらを振った。

「とぼけてもだめよ。あんた、店の女の子に出張キャバを命じているじゃない。調べはついているのよ。しかも無届け営業。これだけで、アウトね」

「お言葉ですが、この時期に届けても許可なんか下りないでしょう。だいたい、都知事が『おうちにいてね』とか言い出してから、店も女も死にそうなんですよ。届けを出してある既存店の看板を使う手もありましたが、届けている店は、すべて自粛ということになっていますから」

横山は頬を撫でながら言っている。

「だからと言って、おうちに出向いてペロペロやしゃぶしゃぶされても困るのよ。中には自分のパンツを下ろして跨っちゃう女の子もいたでしょう。それ究極の濃厚接触だから」

「とはいえ、一対一ですから」

「不特定多数のおうちに行ったら、一緒じゃん。それ派遣型管理売春。所轄の生活安全課の捜査状況とか、北野から聞き出していたんでしょう。逆にいまは闇カジノの捜査は鈍いとかもね」

路子はまくし立てた。

「ちっ。こんなご時世なんだ。水や風には、多少のお目こぼしがあってもいいだろうが」

横山がいきなり口調をかえた。水は水商売、風は風俗業を指す隠語だ。

「カジノぐらいなら目をつむってあげたわよ。だけどこの時期デリヘルは認められないわね。そもそも自粛要請が出ているんだから」

あくまでも自粛要請である。強制措置ではない。日本の法律の盲点だ。だが、水と風が新型ウイルスの大口の感染拡大経路になっていることが判明している以上、たとえ営業妨害と批判されても名指しで要請するしかない。

名指しで自粛要請されたナイトクラブやキャバクラの客は激減し、休業や閉店を決めた店も多い。横山が率いる華岡観光も一応これに従って休業に踏み切ったわけだ。

しかし、裏では、さらに感染を拡大しかねない濃厚接触ビジネスを始めていた。

新型ウイルス感染拡大阻止は、国を挙げての命題だ。

強制が出来ないなら、いやがらせだ。

「いや……そうしねぇと、女が食えない。希望した女だけだ……」

横山は顎を扱き困った顔をした。役者だ。善人を装っている。だが、女にさせていたのはそれだけではないはずだ。

「とりあえず賭博開帳図利と売春防止法で逮捕するわね」

路子は、手錠を取り出した。

「捜査協力で取引できねぇか」

横山が狡猾（こうかつ）そうな表情を浮かべ、路子を見つめてきた。

「取引条件によるわよ」

路子は不敵に笑って見せた。北野と同じ穴の貉（むじな）と思わせたのだ。

「おいっ」

横山が、黒服のひとりに目配せした。すぐに黒服が茶封筒を持ってきた。

「延べ棒一本でどうだい」

延べ棒とは百万円。路子は受け取った。

「これで、このカジノには目をつむってもいいわ。皆さん、マスクもしているようだし、ソーシャルディスタンスも守っているようだから。でも感染拡大に繋がっていた可能性の高い、無届けデリヘルまでは見逃せないわね。届けを出している業者は、所轄の生活安全課に忖度（そんたく）して、休業しているんだからね。不公平だわ」

「しかたないっすね。蒟蒻（こんにゃく）一本で勘弁してくださいよ」

横山が即座に言った。蒟蒻は三百万の厚さを示す。

「いや、そのレベルでは見逃せないわ。もっと大きな社会貢献をしてもらわないと」

路子は首を振った。

「はい？　社会貢献？」

横山が怪訝な顔をする。

「あなたの所有するラブホテル、一年間、都に無償提供して」

「なんだと？」

「過激な濃厚接触を目的で女を送り込んだ責任は、そういう形で取るしかないでしょう。せめて軽症者の受け入れ施設として提供しなさいよ」

「いやいや、ラブホっていうのは窓がない部屋ばかりなんだ。換気もよくない。患者には密室すぎるだろう」

「安静にしているだけの患者だから、問題ないと思う」

路子は淡々と言った。

「それって、要請かよ」

「指示でも命令でもないわ。だけど受け入れてくれなきゃ、今後あなたのこと徹底的に洗うわよ」

「強制じゃねぇかよ」

横山がうんざりした表情で、額に手を当てた。ここまで来たらじたばたしてもしょうがないと、観念した様子だ。

「警察を甘く見ないでね」

任務完了だ。路子は、まだ床に伏せている北野の尻を蹴り、出入り口へと促した。北野がのろのろと立ち上がる。

「警視庁(ホンシャ)へ連行するわ」

「ちっ。おまえ監察官だったのかよ」

北野が吐き棄てるように言った。

路子は監察官ではないが、その辺のことをいちいち説明する気はない。一般の刑事には知られてはならないことだ。

エントランスに戻ると、真っ裸で自分の下着を咥(くわ)えたまま粘着テープを巻かれた男たち三人が、なんとか縛(いまし)めを解こうと互いに背中を寄せ合っていた。巨漢の男が、滾(たぎ)るような眼で、路子を睨(にら)みつけてくる。路子も見返した。

「今度からは、闘うときもマスクしてね。殴ってもいいけど、唾を飛ばしちゃダメ」

頭を撫でてやり、通路に出た。

2

鬱陶しい雨が降り続いていた。警視庁組織犯罪対策部の部長室の窓から見える皇居の森も、いまは霧に煙って見える。

「生活安全部の刑事をひとり泳がせて、裏カジノを見つけ出すとは、うまい手を考えついたな。しかもわざわざ金まで貸すとはね」

ソファに深々と身体を埋めた組対部長の富沢誠一が、紅茶を飲みながら、満足そうに笑った。

「人を懐柔するには、やはりお金が一番です。そして借金をする刑事には、必ず裏がありますし、貸してやると口が軽くなります」

路子は答えた。

ローテーブルを挟み、向かい合ったソファの対角線上にある位置に腰を下ろしていた。三か月前なら対面だが、今は斜めの位置だ。距離感が大切な時代だ。

「特に警察官は、借金をしていることを知られると身持ちが悪いと評価されがちだからな」

富沢がティーカップをローテーブルに戻した。

確かに警察内では、クレジットカードのキャッシングですら憚(はばか)られる空気が強い。路子は、そこに目をつけ、所轄の組対刑事(マルボウ)だった頃から、同僚や先輩たちに小金を貸しては、うまく懐柔を図ってきたものだ。

自分の動かせる仲間が多いほど、独自捜査が出来るからだ。

そんな独自捜査の結果、政界と警察官僚の不正を暴くことになった。路子は連座していたすべての者たちを、世間に知れずに闇処理してしまった。

意図したことではないが、現在の警察中枢にいる者たちは、この時の路子の仕事によって、自動的に昇進した者たちばかりとなった。

路子は所轄の中央南署(ちゅうおうみなみ)から、一本釣りをされる形で、警視庁の組織犯罪対策部の配属になった。

膝元に置いて管理せねばならないと判断したのだろう。

最初は四課であった。

だが先月、六課へ異動命令が出た。

警視庁の公式ホームページには、組織犯罪対策部は総務課と一課から五課まで及び組織犯罪対策特別捜査隊しか掲載されていない。

つまり六課は秘匿部門である。庁内でも知る者が少ない組対部特殊工作課（ＳＴＫ）だ。

課長は存在せず部長である富沢の直轄となる。

また六課には専用の課室もメンバー間の交流もない。

したがって路子も他にどんなメンバーがいるのか知らない。全貌を把握しているのは、ほんのひと握りの幹部だけだ。

任務内容は公安部や内閣情報調査室の工作員に似ている。対象がテロリストではなく暴力団や地下活動をしているマフィアであるという違いだけだ。

下命された工作担当者は、民間の協力者を構築して任務の遂行にあたる。路子のチームは『黒須機関』と呼ばれる。

今回の工作任務は、最初から華岡観光を嵌めることにあった。

新型ウイルスの感染拡大時期に、デリヘルに手を染めたことに対する威嚇もあったが、最大の工作はラブホの接収にあった。

四月に入ってから、増え続ける新型ウイルスの感染者の受け入れ先が足りなくなっていたのだ。

すでに協力してくれているビジネスホテルチェーンもいくつかあったが、のちのちの風評被害も考慮すると、ホテル側も貸せるのは都心の一部の棟に限られた。

都の対策チームから、ひそかにラブホに協力させろという声が上がったらしい。

しかも、休業に対する協力金が逼迫し始めていたので、無償もしくは破格の価格による提供という案だ。

都の担当者が、いくつかのラブホテルに打診したが、ラブホ側は渋った。日ごろから行政指導にうんざりしているのだからやむを得まい。

つい先月まで、都の基本方針は、ラブホテルを順次潰すことであったはずだ。東京オリンピック・パラリンピックでの東京の見栄えを気にしてのことだ。

さらにその後の訪日観光客の増加を考えると、都心にラブホテルが点在しているのは、いかにも体裁が悪い。ラブホのある街には風俗嬢もまた群がるからだ。

タヌキ顔のおばさん都知事としては、一刻も早くラブホ街を消し去りたいはずだった。

ところが世の中は一変した。オリンピックどころではなくなった。

都は、とにかく新型ウイルスの軽症者の受け入れ先の確保が急務となった。だが、うまくは進まない。

警視庁は、都に恩を売るチャンスだと考えた。

そこで浮かんだ案が恫喝捜査の推進である。脛に傷を持つ暴力団やその関連企業に、宿泊施設の提供をさせるための工作ということだ。

黒須機関には華岡観光の攻略が下命されたわけだ。

路子は、独自の庁内情報網から、かつて麻布西署の生活安全課に勤務していた北野に目をつけ、接近を図った。飲食店、風俗店、遊技場は生安課の管轄だ。

北野は無類のギャンブル好きだった。これだけでも警察官としてはマイナスで、隙だらけと見た。

案の定、北野は慢性的な金欠病だった。

さらに所轄時代の人脈を探ると、六本木界隈の飲食店主やパクったことのある娼婦に小遣いを無心していることが判明した。

典型的なミカジメ刑事だ。

北野から華岡観光の横山にたどり着くまでは、簡単だった。

黒須機関と呼ばれる仲間たちを動かした。

刑事のほかに尾行のプロがいる。新聞記者だ。

路子は毎朝新聞の社会部に情報提供者を抱えている。川崎浩一郎だ。

川崎に北野を尾行させると、休業中のキャバクラＢＵＢＢＬＥに頻繁に出入りしていることがわかった。しかも昼間にだ。

後は北野が入るのを見届けて、乗り込むだけでよかった。

相棒（バディ）には傍見（はたみ）組の上原淳一を起用した。

一昨日、横山をカタに嵌め、不良刑事を警務部の監察官に引き渡したところで、今回の任務は終了となった。

毎朝新聞が夕刊でスクープを打ち、路子はそれをもって報告書とした。次の作業が入るまで休暇だ。


「上は、いよいよ治安維持を気にかけ始めた」

富沢が唐突に切り出してきた。

新型ウイルスＣＯＶＩＤ‐19の蔓延（まんえん）で、歓楽街は死んだままだ。

人気（ひとけ）のなくなった飲食店ビルは次第に荒れていき、歓楽街そのもののゴーストタウン化が進んでいる。

「そろそろ危ない街が出てきてもおかしくありませんね。マルボウの観点から言うと、特に歌舞伎町（かぶきちょう）と六本木は、いったん暴発し始めたら制御不能になります」

路子は答えた。抑えられる絶対的『闇王』が存在しないからだ。

ナイトクラブ、キャバクラ、風俗店はもちろん、居酒屋、飲食店ももはや壊滅的状態になっている。休業要請と補償がセットになっていないのだから当たり前だ。

街には失業者があふれ始めている。人通りがなくなった歓楽街で、いつ略奪や暴動が始まってもおかしくなかった。

「暴発したら警察力だけで抑えることは不可能だ。ＯＢたちが言うには、今の空気感は、六〇年代末期の学生運動の隆盛期に似ているそうだ」

官邸や警視庁上層部も、民衆蜂起の危険性を十分視野に入れ始めたようだ。

──遅すぎる。

路子は胸底で唸（うな）った。

「どんなことが起こるのか、私の経験値では、想像がつきません」

路子は三十歳だ。血のメーデーも安保闘争も六〇年代の過激な学生運動も、伝聞でしか知らない。

「俺だって知らない。歓楽街から半グレ集団の姿が消えたようだな。こんな時は奴らでも役に立つのにな」

「はい。半グレ集団には、ヤクザのように縄張りを守るという概念がありません。たまり場に使っていたクラブやバーが休業してしまったので、とっとと地元に戻ってしまったのでしょう」

路子はソファに背をもたせ、腕を組んだ。

そもそも半グレ集団というのは、同じ中学だったり、近隣の地域の仲間の集合体だ。

彼らにとってのシマは、歓楽街ではなく育った町となる。

「ヤクザに、かつてのように徒党を組んでシマ内(うち)を練(ね)り歩いてくれとも言えんしな」

富沢が盛んに眉間の皺(しわ)を摘(つま)んでいる。

出来なくしたのは、国である。

いまや、ヤクザは組事務所に看板や提灯(ちょうちん)をあげることも、徒党を組んで歩くことも出来ないのだ。

刑事として肯定することは出来ないが、縄張りを誇示するために、ヤクザが行っていた集団巡回は、ある意味、街の『治安装置』でもあったはずだ。

他の勢力の排除に繋がっていたからである。

富沢のぼやきもそこにある。

「仮に暴排条例がなかったとしても、この時期ヤクザは練り歩きなどしないでしょうね。危機管理能力が人一倍強い集団ですから、今もきっちり八割の接触削減を守っていますし、大手団体ほど物資備蓄も十分なので、不要不急の外出など一切していません」

ヤクザとはそういう生き物である。

「国民に見習ってほしいものだ」

富沢がため息をついた。路子は首を横に振った。

「国民は国民でストレスがたまりまくっています。こうした時期に、どこかから扇動者が現れたら、一気に暴発するでしょう」

誰も悪くなくても、事態はしょうがないでは済まされない方向にどんどん進んでいる。我慢も限界に達しているのだ。暴動が勃発する下地は十分に出来ている。

「確かにな。それを意図的に仕掛ける集団もあるだろう」

富沢も首肯（しゅこう）した。

と、その時、部長席の固定電話が鳴った。富沢はソファから立ち上がり、すぐに受話器を取った。何事か報告を受けているが、表情は落ち着いている。

「わかった。いちおう組対部（うち）からも捜査員を回してくれ。なあに絡みがなかったら撤退させりゃいい」

富沢はそれで電話を切った。何か事件が起こったようだ。絡みとは、ヤクザが絡んでいる可能性の確認だ。ということは殺人事件の可能性がある。

殺人は捜査一課（ソウイチ）の管轄だが大概の場合、組対刑事（マルボウ）も臨場する。殺人にはかなり高い確率で暴力団が絡んでいることが多いからだ。

テレビドラマで殺人現場に大勢の刑事が集まっているシーンがあるが、あれは担当の捜査一課の他にも、組対、公安（ハム）、生活安全課（セイアン）など、殺人に関わるあらゆる部門の刑事が一気に押し寄せるからである。

ヤクザ絡みとわかれば、マルボウの事案（ヤマ）となり、テロリストや過激宗教集団などが絡んでいるとなれば、ハムのお出ましとなる。少年同士のトラブルによるものだとすれば、セイアンも一枚嚙んでくる。殺人事件の扱いは縦割りになっている。

いずれにしても、特殊工作員である路子には用のない事案だ。部長の時間の邪魔になると思い、路子は立ち上がった。

「では、次の作業が入るまで、自宅待機します」

「案外、早いタイミングでまた動いてもらうことになるかもしれない。スタンバイということで頼む」

「わかりました」

敬礼して、部長室を辞去した。

3

「おい、捜査一課の動きがあわただしいな。広報からは何も連絡はないのか？」

警視庁記者クラブ。異変に気が付いた毎朝新聞の川崎浩一郎は、幹事社の日東新報のキャップを突っついた。

「たったいま、メモが回ってきた。所轄の中央南署から、旧築地市場で遺体が上がったという一報が入ったということだ。絡みがわからないんで、ソーイチ以外の全部門の刑事が飛び出していったみたいだな。なんか白骨だそうだぜ」

日報のキャップが紙片を指に挟みながら言っている。

「旧築地市場で白骨体？」

川崎は訊き直した。

日東新報の太ったキャップはさして興味もなさそうに、紙を読み上げた。

「ずいぶん古い保冷倉庫を取り壊していたら、床下から白骨遺体を発見したんだそうだ。白骨なんで、現在のところは死亡推定時刻とかそんなものは不明。鑑識が済んだら、続報をくれるそうだ。それだけだぜ」

当然、現場に何か変わったことがあっても、すぐに発表してくれないだろう。そこには遺棄した人間しか知らない情報があるからだ。

「遺棄した時期によって、事案の見方が違ってくるだろうな」

川崎は、顎を扱いた。

「そうだな。遺棄の時期で見方は変わる。二年前に閉場した後に、人目がないと踏んで遺棄した容疑者は、あまり賢くない。素人による怨恨か何かの殺人だろう。移転が決定される以前の遺体だったら、市場を熟知していた者の犯行になる」

日東新報のキャップが、クラブの共用ソファに腰を下ろしながら、空のパイプを咥えた。十年前までは、紫煙が煙るのが当たり前だった警視庁記者クラブもいまは完全禁煙だ。電子タバコもＮＧとあって、この男は、葉を詰めていないパイプを一日中咥えている。

「早く、続報をくれないと、予備原稿も打てやしないですね」

川崎はぼやいて見せた。

竹橋にいるデスクがどう判断するかはわからないが、旧築地市場の倉庫床下から遺体が出たのだ。インパクトはあるに決まっている。だが、見出しは打てても、発表を待たねば、本文が書けない。

じっと待つしかないのか。川崎は膝を組んだ。

単純な怨恨もしくは衝動的な殺人ならば、事実だけを書いて終わりだ。だが、これが、十年、二十年も以前に遺棄されたということになると、警察同様、新聞記者の視点も変わってくる。何か、大きな事件が背景に隠されている可能性もあるということだ。

川崎は、警視庁記者クラブに籍を置きながら、同時に各部合同の企画『忘れられた占領下の日本』という特集班にも所属していた。

一九五二年（昭和二十七年）のサンフランシスコ講和条約発効から間もなく七十年になる。自分も含めて、現役記者のほとんどが、オキュパイド・ジャパンを知らない世代になった。

かつての星条旗翻る日本、とりわけAアベニューとかブロードウェイとか通りまで英語名にされていた銀座や日比谷を再探訪するべく、総力をあげての取材を行っていた。

旧築地市場に隣接して当時米軍キャンプがあったことなど、もうほとんどの人が忘れている。川崎はちょうどそのあたりを取材し始めていたところであった。

目の前に座っている日東新報のキャップが、タブレットを持ち出して盛んにタップしている。築地市場を検索しているようだ。

川崎は、すっとソファから立ち上がった。

クラブを抜け出し、内堀通りに出る。

スマホを取り出し、黒須路子の番号をタップした。奥の手を使うしかない。

「はい、スナックジローです」

路子の声は機嫌がよさそうだ。

「姐さん、すまない。ちょっとだけ、漏らして欲しいことがある」

自分も黒須機関のメンバーだが、工作にかかわる内容以外の捜査情報を訊き出すことは禁じられている。そのことを弁えたうえで、訊いた。

「そのぶん、調べて欲しいことは何でも言いつけてください。特に半グレと芸能人の動きは、系列のスポーツ紙から拾わせます。キャバクラの昼カジノ、ＢＵＢＢＬＥだけじゃないですよ。暇な芸能人と風俗嬢の接点にもなっています。ですから、頼みますよ。遺体の経過状態だけでも、広報が発表する前に流してもらえませんかね」

おそらく広報からの発表はすぐに出ない。

ゆえに、懇願した。

「わかったわ。とりあえず当たってあげる。だけど、情報を渡すかどうかは、私が決める」

組織犯罪対策部のある通路の隅で、路子はスマホを閉じた。黒須機関の重要な情報提供者である毎朝新聞の川崎からの、別件依頼だった。

通路の窓辺に寄って、内堀通りを見おろすと、立ち番に軽く右手を上げて、庁内に戻る川崎の姿が見えた。

無碍には出来まい。

恐らくたったいま、組対部長の富沢に入った電話の一件だろう。築地市場が現場だったということだ。

路子は、中央南署に、三年ほど勤務していた。

市場にもなんどか聞き込みに入ったことがある。上がりの日には、よく場外の店で同僚たちとビールをひっかけていたものだ。路子にとって、築地は所縁（ゆかり）のある土地である。それだけに、若干興味を持ったのも確かだ。

いったい、いつ遺棄された？

川崎の疑問はもっともである。

築地は二年前に閉場しているが、間もなく解体作業も終了する。このことは、ネットで検索しただけで出てくる周知の事実だ。

来年に延期されたが、本来東京オリンピック・パラリンピックの輸送拠点にするための工事がすすめられていることは公表されている。

掘り返されるとわかって棄てるか？

なまじ川崎に、築地市場での死体遺棄事案だと知らされて、自分でも知りたくなった。

どうせ、次のミッションが発令されるまでは、スタンバイだ。路子は、かつての所轄である中央南署の署長水谷達彦に電話を入れた。

水谷は昨年九月、前署長である岸部辰徳が、政界汚職に塗れ、路子に闇処理された後を受けて着任した。前職は警視庁組織犯罪対策部のナンバーツーである管理官であり、路子の現職を知る数少ない警察関係者だ。富沢の後継者と見られている。

水谷はすぐに出た。

「署長、たまには飲みませんか。私、作業明けなんです。『ジロー』は休業中ですから、ほかにお客はいません。署長にお知らせしたいこともありますし」

ジローは母が経営するスナックだ。

店名は路子の祖父、黒須次郎に因んでいる。次郎は戦後の混乱期のロビイストとして知られているが、路子は面識がない。

父は庶子なのだ。つまり祖母が黒須次郎の愛人だったということになる。

「わかった。顔を出そう」

水谷は了解した。水谷も水谷で、路子から人事情報は欲しいはずだ。ポスト組織犯罪対策部長の警察官僚が、所轄の署長を長く務めたいはずがない。警視庁の空きポスト状況を知りたいはず。

4

午後七時過ぎ。

銀座は相変わらず閑散としている。ママもホステスも黒服も消えた銀座は、寂れた商店街と変わらない。事実ほとんどのビルがシャッターを下ろしていた。

銀座八丁目のスナックジローも休業中だ。

いまは黒須家のリビングルームである。

「楽器のドラムケース？」

遺体は意外なケースに詰められていたようだ。

「そうだ」

水谷とはカウンターに並んで座った。しかも間隔を一メートル置いて、お互い前を向いたまま会話をしている。この二か月の間に身に付いた習慣だ。

いまや『互いの顔を見て話す』時代ではなくなり『並んで話す』が常識となった。新型ウイルスの流行で、人類はライフスタイルの変更を余儀なくされたのだ。

二月以前の状態に戻ることはあるのだろうか？

水谷は担当刑事からの報告書を完全に頭に叩き込んでいるようで、メモを見ることもなくすらすらと語りだした。

それによると遺棄場所は、築地市場の元冷凍用倉庫の床下収納庫。遺体はバスドラムのケースの中に胎児のような丸まった形で詰められていたそうだ。

白骨の鑑定から、故人は身長約百五十五センチの女性の遺体と判明した。白骨化しても骨盤の状態から性別は断定できる。

死亡時年齢や、遺体の経過など詳細は、科捜研による鑑定中ということだろう。

現在の科学捜査では、多少は時間がかかるが、白骨体から生存時の立体想像図を起こすことも可能だ。骨内の炭素含有率で、おおよその死亡時期を推定することも出来る。

「ということは倉庫に詳しい者の犯行という見立てでしょうか」

単純な怨恨殺人ではないか。路子の第一印象としてはそんな感じだ。

「いや、ちょっと込み入っている」

水谷は、報告書を思い浮かべるように、酒棚に視線を向けた。

「と言いますと？」

「倉庫の所有者も利用していた卸業者も、床下にそんな収納庫があるなど聞いたことがないと証言している」

「どういうことでしょう」

「額面通りに受け取れば、所有者も知らぬ間に誰かが作ったということだ。その収納庫にも保冷装置がついていたそうだ」

「ひょっとして、麻薬の隠しポケット？」

「そう想像するのが普通だ。冷凍保存が必要な覚醒剤の恰好の隠し場所になる」

「となると、本職のマルB絡みが濃厚ですね」

半グレにしては、手が込みすぎている。

「幸いなことに、オリンピックが延期になったせいで、いましばらく現場保存が可能になった。そうでなければ、解体を優先させねばならなかった」

水谷はシングルモルトのロックを呷った。

延期された東京オリンピックは本当に来年、開かれるのだろうか？　二〇二〇年四月現在、誰もがそのことを疑っている。

「死亡推定時期は、科捜研の報告を待つしかないですね」

白骨では検視官は役に立たない。恐らく呼びもしなかっただろう。路子はバーボンソーダのグラスを手に取った。ワイルドターキーだ。

通常、遺体は土中でも半年で白骨化してしまう。地上では一週間だ。そうなると、刑事や鑑識が見た目で死亡日時を推定するのは困難となる。

「現場刑事のひとりが三十年前の可能性を指摘している」

水谷があっさり教えてくれた。

「その根拠は、梱包していたドラムケースですか？」

ケースの経年劣化の状態から推測するという方法もある。

「製造メーカーに問い合わせたところ、遺体を詰め込んでいたバスドラムケースは八〇年代に製造されたハードケースだそうだ。現在はプロでもソフトケースが主流だそうだ。もちろん、それだけで決め打ちできるものではない」

水谷が、さらにシングルモルトを呷る。

「今の時代にもビンテージなケースを持ちたがるマニアもいますからね」

路子は単純な疑問を口にした。

「当然の疑問だ。だから推論のひとつでしかない。ただしもうひとつ妙なものが発見された」

「妙なもの？」

「ケースの内ポケットに百ドル札が三枚挟まっていたんだ」

米ドルとは意外だが、外国人ミュージシャンも日本で大勢活躍している。グローバル化が他業種よりも遥かに早くから起こっていたのが、音楽業界だ。

「バンドマンのへそくりでしょうね。でもその紙幣でなぜ三十年ぐらい前だとわかるんですか？」

水谷は、頷いた。おそらく水谷もその裏は取ったはずだ。

「米ドルも時代と共に微妙に変化している。百ドル札の肖像画は、百年近く前からベンジャミン・フランクリンなので変化に気付きにくいが、発見された札は一九六六年から一九九〇年まで発行されていたものだ。九〇年代の中ごろにはほとんど入れ替わっている」

「一九九〇年で、ちょうど三十年前ということですね」

「だが、まだ推測にすぎん。そうしたことを偽装することも可能だからだ」

もっともだ。根拠としては直感の領域を出ない。

「ですが、三十年前であれば、なるほど犯人に築地の閉場は、予想出来ませんね」

それが路子の最大の疑問であった。

築地市場の移転計画は七〇年代から議論されていたが、本格的に動き出したのは、二〇〇〇年になってからだ。そこからでも十八年かかった。築地市場が閉場したのは二〇一八年十月である。

「遺棄した犯人の心理から追うと、極力発見されにくい場所ということで、築地市場内の保冷倉庫を選んだということになる。そうなれば、少なくとも十年以上前だろう。偽装でなければな……」

そう言う水谷のグラスが空になっていた。

路子はサントリー山崎の十二年物のボトルを水谷のほうへ押しやった。水谷が手酌で注ぐ。これも二〇二〇年二月以降のマナーだ。

「しかし、その隠し収納庫の存在を知る関係者がいないというのは、ちょっと解せないですね」

「推測だが、米軍崩れのギャングが絡んでいるかもしれない」

水谷が、マドラーでグラスをかき混ぜながら言った。

「米軍？」

「戦前、市場の隣には海軍経理学校があった。そいつが戦後、米軍に接収されてキャンプ・バーネスと呼ばれていた時代があった」

いきなり祖父の時代の話になった。

「さほど大きな施設ではなかったので、記録も少ないが、キャンプ・バーネスには米軍兵舎、娯楽室、病院、クリーニング店、射撃場、ガソリンスタンドなどがあったと記録されている」

水谷が脳内で資料を捲(めく)っている。

キャリアの脳には膨大な資料が蓄積されている。しかも受験生時代から鍛えた記憶力も常人の域を超えている。俗にいう東大脳だ。

そしてその記憶を、臨機応変に引っ張り出して開陳できるのが、またキャリアたる所以(ゆえん)なのだ。

「ちょっとしたリトルアメリカですね」

生前の祖母から、よく占領下の話を聞いていた。

通りの名前はAアベニューとか1ｓｔストリートとか呼ばれていたらしい。市電の走る銀座は『なんとなくサンフランシスコっぽいな』と黒須次郎は語っていたそうだ。

水谷が続けた。

「接収解除後にその土地の一部が市場になった。もちろん当時からあの倉庫があったとは思われないが、一九五〇年代は、米国人ギャングと日本のヤクザ、特に当時としては新興だった愚連隊系ヤクザが連携して復興利権を漁っていた時代だ。倉庫が建築される際に、何者かが、闇取引のために隠し収納庫を作らせていたとしてもおかしくない」

　遠い時代のことではあるが、古い日活アクション映画などでは、よくそんなシーンが登場する。小林旭や赤木圭一郎の時代だ。近頃、父がよく専門チャンネルで、その手の映画を観ているので、路子も親しみを持っていた。

「ありえますね。おそらく一九五〇年代は、米国人に限らず外国人全般に対して、日本の警察は、今より格段に甘かったのではないでしょうか」

　路子もワイルドターキーのボトルを引き寄せた。自分で注ぐ。

「大甘だったさ。七年近くもの間、支配者だった相手だ。警官だって簡単に態度を変えられるものじゃない。目のまえで拳銃でもぶっ放さない限り、逮捕などしなかったと思う」

ましてやドルが固定レートで三百六十円だった時代だ。在日米国人と日本人の経済格差は半端ではなかったはずだ。

「収納庫の謎を解くには時間がかかりそうですね」

「倉庫が建ったのは七十年以上前のことだ。それ自体を突き止めるのは難しいだろう。そのことはさておいて、まずはドラムケースに放り込まれた女の人定だ。ただし、コロシと断定されたわけではない。最近では稀なケースだが、老衰死した家族の遺体をこっそり遺棄して、年金を受け取り続けているということもある」

　水谷がため息をついた。

　一時期問題になった年金不正受給だ。確かにまだ殺人事件と断定したわけではない。白骨の正体がわからないことには始まらない。鑑定の結果、古代人の骨ということもありえるのだ。発見した人間が面倒臭くて再遺棄したというケースだ。

「被害女性の正確な死亡時期と復顔像が完成したら、聞き込みにも拍車をかけられるでしょう」

　捜査の方針はそこから立てられる。

「そろそろ失礼する。明日にも捜査本部が立つ。俺は副本部長を務めなくてはならないからね。捜査の行方も気になるが、予算管理（バジェットコントロール）も頭痛の種だ」

　水谷がそう言って腰を上げた。

「コロシと断定していない段階で帳場を立てるとは、ちょっと早すぎませんか」

「俺もそう思う。所轄の予算潰しのようなものだ」

　所轄に捜査本部が立つと、かかる費用は、まるごと所轄の負担となる。

　捜査本部が立った年は、署内の歓送迎会や各競技大会での祝勝会もほとんどなくなる。予備費がゼロになってしまうからだ。

捜査本部の指揮はあくまでも警視庁がとる。所轄は署長といえども、サポートに徹しなければならない。

路子は、ふと思い出し、スツールから下りて、カウンターの向こう側にある酒棚に向かう。ポーランド製のウォッカ『スピリタス』を一本取り出した。

「お越しいただいたお礼に、お土産です」

「俺はこんな強い酒は飲まんぞ」

「アルコール消毒液が不足しています。この際、ウォッカは飲むのではなく、手洗いに最適です。このウォッカは九十六度ですから薄めて使ってください」

「そいつはありがたい。家内が喜ぶ」

水谷が破顔した。実際には、度数が高すぎるため揮発してしまい、効能などないのだが、気休めにはなるだろう。夜の街ならではの洒落(しゃれ)だ。

「それと、もうひとつ。署長、来年四月には、桜田門(さくらだもん)に戻ります」

とっておきの土産を差し出した。

「正確な情報かね？」

水谷の声が裏返った。

「こんな忙しい時期に来ていただいたのです。ウォッカ一本で帰すわけにはいかないですよ」

「行先は？」

「そこまでは……ただし、部長で復帰というのは間違いないです」

本当は知っているが、もったいをつけておく。土産は小出しに渡すものだ。

「では、残りの日々は、失敗せぬようにしないとな。明日、加橋(かはし)刑事部長がわざわざ、証拠品確認と現場視察にいらっしゃるそうだ。三期先輩だ。機嫌を損ねないようにしよう」

「この時点で部長がわざわざ？」

路子は軽い違和感を覚えた。

加橋稔(みのる)。五十二歳。本来ならば警察庁の局長に進んでいるはずのキャリアだが、私大出のため出世が遅れていると言われている。

官僚は東大卒が当たり前の世界だ。東大にあらずば官僚にあらず。しかも大学名は省略して学部はどこかと聞くいやらしさだ。

東大法学部出身。霞(かすみ)が関(せき)で最も強いサークルだ。隣に座る水谷はまさしく、その東大法学部の出身者だ。警察庁(サッチョウ)の反畑(そりはた)長官、垂石(たるいし)公安局長、富沢組対部長との『仲良しクラブ』にもきちんと入っている。

「ひょっとして、俺の警視庁(ホンシャ)での戻り先って刑事部じゃないよな」

水谷が鼻の頭を掻いた。

「加橋部長は、野球はタイガースファン。趣味は七〇年代ロックだそうです。余計な情報ですが、加橋部長は福沢諭吉の創った大学の出身です。いかに名門私立とはいえ、みなさんとは違う大学ですから、本庁の重要局長への出世は諦めているようです。刑事部長に固執していることもなきにしもあらずですね」

「十分心得ているさ」

水谷が出て行った。

警視庁といえども派閥争いは絶えない。上に行くほど足の引っ張り合いは露骨になる。それにしても刑事部長の動きは踏み込みすぎではないか?

いまは、死体遺棄事案よりも、首都の治安維持のほうに集中すべきポストであろう。

カウンターの上のボトルやグラスの片付けをしているところで、いきなりスマホが鳴った。

画面に『世田谷代田(せたがやだいた)』と出る。富沢の符牒(ふちょう)だ。自宅の場所だ。ちなみに垂石は『たまプラーザ』である。

すぐに出た。

「お待たせしました。銀座のジローです」

こちらも符牒で答える。

「北野が殺害された。六本木の路上だ。監察室が一時帰宅させて、尾行をつけていたところ、いきなりやられた」

「凶器は？」

「接近したバイクからの吹き矢だ。追い越しざま、道の端でバイクをよけようと立ち止まっていた北野の喉に命中した」

「北野の身柄は、どうなっていますか？」

「監察の尾行班が回収している。マスコミに嗅ぎつかれないように中野に運び込んだそうだ。箝口令が出ている」

中野とは警察病院だ。富沢が続けた。

「明けたばかりで悪いが、明日一番で、公園に来てくれ」

「了解しました」

悪い予感がした。

路子は、スマホを切ると同時に、店を飛び出した。

黒須ビルの前に駐めてあるビッグスクーターに跨り、六本木に向かった。飲酒運転になるがおかまいなしだ。

路子は風船ガムを膨(ふく)らませながら六本木に向けてひた走った。

日比谷通りから、外苑東(がいえんひがし)通りに入る。

角を曲がったところでBUBBLEの入るビルが見えてきた。人気の消えたビルは午後九時前だというのに、真っ暗闇だった。

無事ね。

そう思った瞬間、ビルの窓が吹き飛び、オレンジ色の炎が飛び出してきた。

あわてて急ブレーキを踏む。ビッグスクーターが横転した。路肩に叩きつけられながらビルを見上げると、吹き飛んだ窓は六階だった。BUBBLEの入る階だ。

ビッグスクーターを立て直していると、BUBBLEの入っているビルから大勢の男たちが飛び出してきた。手に手に金属バットを持っている。ケツ持ちの六魔連合の連中だろう。一昨日、路子と対決した男たち三人も交じっている。今夜は黒のスーツを着ていた。と、ビル前の道路に数台のワゴン車が、なだれ込んできた。BUBBLEのビルの前に駐まる。スライドドアが開き、濃紺の作業服を着た男たちが降りてきた。全員濃紺のヘルメットを被(かぶ)っている。一見機動隊にも見えるが違う。目のまえの連中は、顔の下半分にタオルを巻いており、手にしているのは、鉄パイプやバールだ。

怒号があがり、六魔連合と乗り込んできた連中の殴り合いとなった。どうみても作業服姿の連中のほうが優勢だった。寝込みを襲われた形の六魔連合の男たちが次々に額を割られ路上に倒れこんでいく。

六魔連合のボディガードたちをほぼ制圧した作業服姿の男たちが、今度は付近のビルのシャッターをこじ開け始めた。この辺りはほとんどが飲食店ビルだが、中には金融屋や金券ショップ、不動産業者もある。六魔連合のフロント企業が多い地域としても知られている。

略奪をする気だ。

弱肉強食の闇社会だ。早くも六本木をどこかが食いに来たようだ。

路子は、後退した。割って入れるものではない。

第二章　非常事態宣言

二〇二〇年四月

1

午前七時。

路子は、銀座八丁目、並木通りに面して建つ黒須ビルの最上階にある自宅で目覚めた。

すぐにテレビをつけた。ニュース映像が、目に飛び込んでくる。

昨夜の六本木のビル火災や、荒らされたビルの映像に重ねて女性キャスターが詳報を伝えていた。

「……六本木だけではありません。昨夜は歌舞伎町、渋谷センター街、池袋グリーン大通りなどでも、突如暴徒が押し寄せ、休業中の飲食店や商店を襲う事件が続出しています。これは、とても東京の光景とは思えません……」

各地で破壊されたビルの様子が映し出される。シャッターが捲れ、コンクリートが崩され、ガラスの破片があちこち飛び散っている。

まるで、爆撃を受けた中東の紛争エリアのような映像だ。

昨夜だけで、一体どれだけの金品が奪われたのか？

女性キャスターが危機管理を専門とするコメンテーターに、解説を求めた。

「新型ウイルスの感染拡大は、医療崩壊だけではなく、首都の治安崩壊を招く可能性があるということです。本日、警察庁は全国都道府県警本部に、夜間人口が減少した商業地帯の警備レベルを上げるよう指示しました。不要不急の外出は、感染防止のためだけではなく、暴漢に遭わないためにも避けてください」

元警察ＯＢだというコメンテーターが訳知り顔で、そう言っていた。

余計なことを言う。これでは煽っているようなものだ。そうでなくともストレスに耐えられなくなり始めた国民が、より自暴自棄にならないとも限らない。

東京都の自粛要請が開始されてそろそろ三週間。

余裕のある階層の人々は、徐々に新しいライフスタイルを模索し、街には切羽詰まった人間が溢れかえっていた。

一気に動き出したら、どうする？

路子は片眉を吊り上げながら、歯を磨いた。

全国の警察官の総数は約二十六万人だ。警視庁は全職員を含めて約四万六千人。東京で本気で暴動が起こったら守り切れるものではない。

大阪、愛知、福岡なども同じだ。

危険水域に達し始めている。

スマホで、関連記事を拾いながらコーヒーを飲んだ。インスタントコーヒーだ。朝はインスタントのほうが手っ取り早い。

ネットには過激な書き込みが増えている。

情報を拾いながら、毎朝新聞社会部の川崎に電話した。

「姐さん。警察は忙しくなりそうだな。築地の死体遺棄なんてものにかまっている場合じゃなくなっているだろう」

川崎も全国で勃発し始めた暴動について情報を集めていることだろう。

「もうクラブに出ているの？」

「夕べから泊まっている」

「私が訊くのも変だけど、昨夜の六本木の暴動について、広報はどんな発表しているのかしら」

警視庁の建前を知るには広報発表を聞いたほうが早い。そしてそれは、内部から確認するよりも記者の目を通じて語ってもらったほうが真実が透けて見えることもある。

「広報の発表はあまりにも漠然としすぎている。俺の印象としては、何か隠しているのがありありだ」

こうした記者の印象こそ重要である。他社の多くの記者もそうした目で見ているということでもある。警視庁記者クラブに詰めている記者たちは、常に面従腹背である。一応広報発表を遵守するが、おかしいと思えば、逆にその裏を探りに出てくる。そして真実を見つけるとためらうことなく記事にする。

それが、官邸記者クラブにいる政治部記者との違いである。彼らは政治家のスキャンダルを摑んでも、公表する以前に、貸しを作る道を選ぶからだ。

「漠然としていると思う根拠は？」

「発表だと、半グレ同士の縄張り争いの一点張りだ。これがどうも腑に落ちない」

川崎は憮然とした口調だ。

「腑に落ちない？」

路子は念押しした。記者がなぜ腑に落ちないと思うのか知りたい。

「こんな時期に、まともな半グレが略奪なんてやるかよ？　あいつらは、もう暴走族やチーマーじゃないんだ。コロナ融資とか風俗嬢の個別斡旋とか、もっと利口な儲け方を考えるさ。昨夜六本木でＢＵＢＢＬＥのビルを襲った連中はもっと違う勢力なんじゃないか？」

やはり記者ならそう読むか、と路子は肩を落とした。

「新聞記者の勘としてはどういう勢力だと思うの？」

「目撃者の証言を取ったが、武装の状況から、国内過激派か外国テロリストの尖兵。そんなところじゃないか？　どうも政治的な匂いがするんだよな。自分たちがきっかけをつくって、休業に追い込まれた店主や突然解雇された人たちを暴動に駆り立てようとする、何らかの勢力。俺はそうみる。これがきっかけになって、一般大衆の一揆に拡がっていくんじゃないか？」

路子とまったく同じ考えだった。

新型ウイルスによる死を恐れすぎて、経済的に殺されたと思っている人は多い。

正直、いまそこを大きく煽られるとまずすぎる。

「実は私も同感なの。でも一発こういう事件が起こると、模倣犯が増えるわ。祭りになったら困るのよ。煽るような記事は自粛してくれないかしら？」

「そりゃ、いくら姐さんからの要請でも、時間の問題だと思う。うちが書かなくても他が書く。すでにネットでは民衆蜂起だとか政権打倒だとか、前時代的な言葉が躍り始めている。この流れは止められない。ひょっとしたらウイルスよりも怖いかもしれない。暴発するぞ」

「そうなったら、間違いなく治安崩壊。東京のあちこちが目に見える形で崩壊していくと思う。とてもじゃないけれど警察の手には負えないわ。一方で、自衛隊を動かすには、総理も首をかけないといけないし、その根性はないと思う。だからメディアの協力もいるのよ。先導している首謀者を特定することが先」

「それって、医療崩壊を防ぐために、ＰＣＲ検査を一気に行わずに、クラスター対策を先行した厚労省と同じ手法じゃないか？」

川崎に痛いところを衝かれた。

だが、ない袖は振れない。

「だって、無理なんだもの」

今年の二月下旬。新型ウイルスがいよいよ日本に流行する兆しを見せ始めた時期、医療従事者が真っ先に恐れたのは『自分たちでは防ぎきれない！』という思いだったのではないか？

いま、警察庁及び警視庁は同じ立場に立っている。

国民に、一斉に蜂起されたら、防ぎきれない。二月の医療従事者と同じ気持ちだ。

なんとか時間を稼いで、首謀者を突き止めたい。クラスターを潰したかった医療従事者の発想と確かに同じだ。

広報が、本件を素人や過激派の蜂起ではなく、半グレ同士の抗争と発表したのもそうした意図からだろう。

「黒須機関で動くことはあるんですか？」

川崎が訊いてきた。

「特にまだ工作発令は受けていないけど……あり得ると思う」

そう答えて、川崎をけん制するしかなかった。この際、警視庁に都合の良い方向で動いてもらわねばならない。

「言論封殺ですね」

川崎が皮肉っぽい口調で言った。

「マスコミの正義感なんて、私、ぜんぜん信じていないの。単純にスクープを取って目立ちたいだけなんでしょう」

「ちぇっ」

「かわりに、築地市場の件、多少、調べておいたわよ」

「俺には、そっちで点数を上げろということだな」

川崎はまんざらでもないようだ。路子は小出しにすることにした。

「昭和三十年代の銀座のヤクザの状況。特に当時の外国人ギャングと国内ヤクザの結びつきについて取材してみるといいわ。当時を知る築地や銀座の古老を訪ねて、昔話でも聞くことね。そこら辺に何かヒントがあるかも」

「ってことは、やはり遺体は、築地閉場後に遺棄されたのではなく、かなり前のものだったってことだと？」

「まだ正式な骨鑑定の結果は出ていないわ。だけど、ひょっとしたら相当以前の可能性もある。私がいまヒントといったのは、遺棄されていた場所が倉庫の床下収納庫だったということ。この収納庫については、倉庫の持ち主ですら存在を知らなかったのよ。面白いでしょう。誰かが勝手に作って、何かに利用していたんだと思うの。そして、遺棄した者は、その収納庫の存在を知っていたことになる」

「面白い」

川崎の声のトーンが変わった。

「もうひとつ。とっておきの情報。遺体が入っていたのは、ドラム用のケース。一番大きなドラムを入れるやつだそうよ」

「ますます面白い。市場の保冷倉庫にドラムケースに入った遺体。アガサ・クリスティが作ったみたいな話だ」

「とりあえず、中央南署に捜査本部が立ったわ」

「ということは殺人事件としてみているんだな？」

「表札はあくまで『旧築地市場死体遺棄事件捜査本部』。殺人事件とは断定していないわよ」

表札とは捜査本部の前に張り出される本部名を書いた細長い紙のことだ。戒名とも呼ばれる。

「了解した。昭和三十年代までさかのぼって、銀座、築地界隈の闇社会（アンダーワールド）情報を調べ上げてみるよ。ただし、六本木の暴動についても続報は欲しい。煽り立てるのではなく、逆に他社にけん制球を投げるために使いたい」

「助かるわ」

それでスマホを切った。

2

午前十時。家を出た。徒歩で日比谷へ向かう。

今日も雨だった。

それも土砂降りだ。こんな日ぐらい集合場所は帝国ホテルのロビーとかでもよかったのではないかと思う。

日比谷公園の噴水の前に、すでに傘を持ったふたりが立っていた。

富沢の横にいるのは、警察庁の垂石克哉(かつや)だ。なぜ公安のトップが？

訝(いぶか)しく思いながらも路子は、さりげなくふたりに近づいた。

二月までは、朝の散歩を楽しむ人々も大勢いたが、今日は雨ということもあり、閑散としている。逆に目立つのではないかと思うが、尾行の防止には最適だ。豪雨では、声も聞こえにくい。

「作業に入ってもらう」

目の前で噴水が上がるのを眺めながら、富沢がいつものぶっきらぼうな調子で言った。

「はい」

路子は軽く顎を引いた。

「昨夜の暴動を裏で操っていたのは横浜の桜闘会と見られる。所轄が直ちに付近の防犯カメラを洗った結果、二台のワゴン車の運転席にいた男が、それぞれ桜闘会の末端組員と判明した」

富沢が言った。警戒していただけあり、組織犯罪対策部の動きは早い。

「横浜が、六本木を獲りに来たということでしょうか」

「裏に別な組織がいるはずだ。関西か外国系が後押ししている可能性が高い」

路子も桜闘会の名は知っている。たしか単独組織のはずだ。

「それで垂石さんが、ここに来てるのは？」

路子は訊いた。

「公安は桜闘会が、各国の諜報機関と繋がっているとみている」

垂石が声を潜めた。

「単独組織ながら、大手団体と渡りあえているのは、大手にはない利権を隠し持っているということだろう。他国の諜報機関、マフィアとの特殊利権だろう」

富沢が補足する。

「ということは、いまも公安の工作員も動いているということですよね」

路子は警戒した。

下手をすると、組対は嚙ませ犬にされる可能性もある。

公安は、自分たちの工作を有効に進めるために、他部署を踏み台にすることがままあるからだ。

「いや、黒須機関と同じ場所には、こちらの工作員は決して挿し込まない」

垂石が声を尖らせた。

「本当ですね？　私はともかく、黒須機関のメンバーを、見殺しにはさせませんよ」

路子も睨み返してやる。

「治安崩壊の危機に直面しているんだ。ここは、縄張り争いをしている場合ではないだろう」

富沢が冷静に言った。

「確かに。それで私の任務は？」

路子は富沢に向き直った。

「青山にある制作プロダクション『デザイア』を洗ってくれ。映画制作やイベントの運営などをしている会社だ。ここが桜闘会の下請けになっているようだ。社長の名前は青木俊夫。もうじき七十になる爺さんだが、業界内では、黒衣に徹するタイプで通っているそうだ」

制作プロダクション？　二月下旬以降、エンタテインメント産業は、完全に失業状態のはずだ。

「バズーカ砲を大量に購入している」

富沢がマスクで覆った顔を顰(しか)める。

「なんですって？」

立派な凶器準備集合罪だ。

「正確に言えば、のようなものだ」

「のようなものとは？」

路子は訊き直した。

「本物のバズーカ砲ではない。平たく言えば映画用の小道具。噴き出すのは爆弾ではなく花火だ」

富沢が首を回しながら答えた。

路子にも想像がついた。

アクション映画やドラマでよく見る。そういえば、日本映画では、近頃そうした作品が少なくなった。極道映画が姿を消したからだろう。火を噴くのはゴジラぐらいだ。

「ところがほんの少し改良するだけで本物の破壊装置になる」

　富沢が言う。

「飛び出す火薬の威力を増すだけで、立派な武器ですからね」

「そういうことだ」

「昨夜の発射場所は特定されていますか」

「向かいのビルの屋上からだ。距離にして十メートル。リモートコントロールで三発撃ち込まれている。狙った場所が、ＢＵＢＢＬＥの厨房(ちゅうぼう)の窓ガラスだった。壁にガス管が走っているのを知っていたんだろう。ピンポイントで狙い撃ちされていた」

　そのぐらいの距離であれば、演出用小道具で十分だ。まずガスを充満させて、その後さらに撃ち込んで火災を誘発させたのだと考えられる。

「デザイアというのが怪しいと特定した根拠はなんですか」

「屋上に残されていた発射装置から製造業者が特定できた。蒲田(かまた)の町工場だ。こうしたものは、特注品なので、三年前にデザイアに納品したものだと判明した」

「横山祐一は？」

「重度の全身火傷(やけど)で築地の大病院に入院中だ。聴取出来るようになるのは、一週間以上先になりそうだ」

「生きているだけ幸いですね。一週間先でも聞き取りは出来るわけですから」

雨足がさらに激しくなった。

「そういうことだ。桜闘会との因果関係は聞き出せるだろう。四課の刑事からの報告では、六魔連合と桜闘会は、闇カジノの客の奪い合いをしていたそうだ。その辺の事情もありそうだが、この機に、一気に横浜が、六本木と歌舞伎町を獲りに来たとも考えられる」

「一つの組織が動き始めると、連鎖しますね」

「その通りだ。多国籍マフィアもこの機に便乗してくるに違いない」

言いながら富沢が咳き込んだ。この時期、咳やくしゃみは、銃弾と同じほど怖い。路子は一歩引きさがった。

「それに、左の過激派や他国の諜報機関もな」

垂石も言う。痰が絡んだような声だ。ふたりとも早くＰＣＲ検査を受けやがれ。そう思ったが、口には出さなかった。

「わかりました。早速作業に入ります」

路子は首肯した。

と、噴水が、土砂降りの雨に抗うように盛大に上がった。新型ウイルスと闘う医療従事者の力強さのようだ。

自分も治安崩壊を食い止めねばならぬ。

路子は、黒須機関のメンバーのキャスティングを考えながら、帝国ホテルの方向へ歩いた。パークサイドダイナーでブランチを取りたい。

3

「若頭(カシラ)、横浜の桜闘会について教えてくれる？」

路子は、ブルーマウンテンを飲みながら訊いた。

芝浦(しばうら)の泰明建設の倉庫だ。

泰明建設は、国内第二位の勢力を誇る関東泰明会のフロント企業のひとつだ。路子はこの倉庫を黒須機関の隠れ本部に使っている。

倉庫の背後は運河だ。プレジャーボートを活用すると水路で移動できる。水路は様々な監視カメラのある陸上よりも安心して移動でき、なおかつ尾行を防げる。

「桜闘会っていうのは、正直言って、得体のしれない組ですね。昭和三十年頃にできた愚連隊系です」

タブレットをタップしている傍見文昭(ふみあき)が、猪首(いくび)を曲げたまま答えた。

傍見は、関東泰明会傍見組の組長だ。

ラインを通じて、黒須機関のために、兵隊をかき集めてくれている。

関東泰明会は、指定暴力団のひとつだが、戦前からの与党ヤクザである。

現在の会長金田潤造。

路子は、その金田と、一年半前の事件をきっかけに気脈を通じていた。路子は同僚を失い、金田は当時の若頭を亡くすという事件だった。

いま、目の前に置かれたブルーマウンテンは、酒も煙草もやめた金田の唯一の嗜好品だ。

金田は、このところ向島の屋敷で、のんびり将棋と碁に興じているそうだ。外出する気はないらしい。

「昭和三十年代といえば、横浜に愚連隊が群雄割拠していた時代よね?」

祖母や両親からよく聞かされていた。

祖父黒須次郎が、政界ロビイストとして暗躍していた時代と重なるからだ。

「そうです。戦前までは博徒系や的屋系が仕切っていた伊勢佐木町や吉田町——いわゆる『関外』ですがね。——ここに戦後、愚連隊系と呼ばれる連中が割り込んできたんです。渋谷や新宿にもそういう集団がありましたが、横浜の愚連隊は、ギャング風というか、ちょっと垢ぬけた感じだったと聞いています。桜闘会もその系統でしょう。『伊勢佐木町のジョー』とか『本牧マイク』とか、チンケな名で呼ばれた連中がうようよいたとオヤジが笑っていたことがあります。うちのオヤジは自分で『口先の潤造』って言ってましたがね」

傍見がゲラゲラと笑った。

「関外？」

聞きなれない言葉だ。

「大雑把に言えば、新横浜通りの海側が関内。奥が関外です。関内駅から山下公園側はお洒落な観光地。元町、中華街ですね。けれど逆側の伊勢佐木町通りの奥へ奥へと進むと、いまでも横浜のデンジャラスゾーンです。黄金町、日の出町、曙町。いまでも昭和ギャングの妖しさに溢れていますよ。桜闘会の拠点は、いまは横浜駅西口近くのタワーマンションとされています」

「されている？」

路子は訊き直した。

「桜闘会には具体的な本部がないからです」

傍見が顔を上げた。兵隊は揃ったようだ。

「半グレでもないのに？」

「はい。その辺も桜闘会の得体の知れないところです。やつらの最初の拠点は、根岸の米軍居留地内だったといわれています。その後は本牧や曙町のバーを根城にしていたそうですが、暴排条例施行後は、セキュリティ対策が行き届いた高級タワーマンションにヘッドオフィスを置いていると聞いています。たしかにいまどきの半グレに似ていますね」

そういう関東泰明会も、有力な直参はすべてそうしたマンションに入っている。

「現在の会長は、村上幸太郎ね」

コーヒーカップをアルミの簡易テーブルに戻しながら訊いた。神奈川県警の資料にはそうあった。

「そいつはダミーですよ。桜闘会は、うちらのような昔気質の極道と違って合理主義団体です。対外的な肩書なんて出鱈目ですよ。使用者責任のある会長に実力者を置くわけがありません。表看板にしている村上は、いつでも警察に差し出せる逮捕要員ということです」

「とすると、本当の司令塔は？」

「わからないんです。たぶんフロントのどこかに隠れている。桜闘会というのはそういう組織なんです。ふつうのヤクザじゃない。はっきりとした縄張りを主張しているわけでもない。本牧、横須賀、座間など、米軍基地の多い場所の飲食店を仕切っている以外は、公然とした動きはない組ですね。完全に地下に潜ってマフィア化しているって聞いています。そのぶん、昭和の終わりから他団体と、ことを構えるということもほとんどありませんでした。まさか東京へ喧嘩を売るなんて全く想像していませんでしたよ」

「武力よりも闇ビジネスを得意にしていたということね」

「そうです。やつらなにか別な目論見があって動き出したんじゃねぇかと思いますよ。全くこんなことになるなら、うちらが、六魔連合を食っておくんでした」

傍見の眼が光った。この男もまた根っからの極道である。暴力による支配を当然と考えている。

存分に働いてもらうことにしよう。

「今夜から、都内の繁華街をうろうろしてくれないかしら。フロント企業のみなさんでいいのよ。泰明建設とか泰明運輸のジャンパーを着て、ひたすら歩きまわってくれたらいいのよ。金融やIT系の方々は、黒のスーツでもよくてよ。ちゃんと二メートルの間隔を取ってね」

「ジャンパーやスーツでないといけないんですか？　俺たちが、昔みたいにスキンヘッドにバリッとスーツを着て、サングラスかけて練り歩いたら、どんな街でも犯罪なんて起きないっすよ」

「それには、法の改正がいるのよ。構成員はステイホーム。表向き堅気の連中だけを、動かして。それもただ歩きまわるだけ。威嚇はダメよ」

路子は念を押した。

「なんて言うか、いまの政府みたいな曖昧な指示っすね。すっきりしねぇ」

傍見は不満そうに倉庫の奥を見つめた。ちょうどプレジャーボートの接近してくる音がした。

「上原君には、今回もナンパ役をしてもらうけど」

一応、上司の傍見に断りを入れる。

「好きに使ってください」

プレジャーボートが桟橋に着いた音がする。詰めていた若衆が数人、裏口から飛び出していった。

「姐さん、遅くなりました」

三日前に、六本木で相棒を務めた上原淳一が、向島の本部から戻ってきた。

「青山でナンパしてよ」

顔を見るなり、路子は命じた。

「えぇ〜、この時期、俺、濃厚接触担当ですか」

4

「もし、このような事態が続きますと、国にロックダウンの発出を、お願いせねばならないと考えています」

渋谷スクランブル交差点にある大型ビジョンから、ピンクのマスクをした都知事の映像が流れていた。相変わらずタヌキ顔の流し目だ。午前中から続いた雨が上がっている。ほんの一瞬だったが、ＳＨＩＢＵＹＡ１０９の上空に虹がかかっていた。

緊急事態宣言ではもはや効果がうすくロックダウンが必要になるということだ。とはいえ強制力をもたせるには法律をつくらないといけないらしい。

上原淳一は、濃紺のスーツのズボンのポケットに手を突っ込みながら、スクランブル交差点を渡った。

平日の午後四時。

交差点を行き交う人の数は、とてつもなく減っている。企業の通勤自粛が徹底し始めているようだ。

けれど、これでは繁華街じゃないな。繁華してないじゃん。

交差点を渡りセンター街へ入った。

ほとんどの店がシャッターを下ろしている。ホスト時代、時々寄っていたアクセサリー店やナンパの名所だったゲームセンターも閉まっていた。

さらに奥へ進んでぎょっとした。

センター街の中心あたりに位置していたビルの壁が破壊されていた。大きな穴が開いていた。中を覗くとショーウインドーが割られ、ガラスの破片が散乱していた。歌舞伎座や新橋（しんばし）演舞場のチケットもあちこちに落ちている。淳一はここが金券ショップだったことを思い出した。

おそらく、東京―新大阪の新幹線回数券など換金性の高いチケットだけを持ち去ったのだろう。劇場や球場はいまだに閉まったままだからだ。

――令和の打ち壊しかよ。

淳一は、そのままセンター街の被害状況を見て回った。飲食店などは、被害がなく、おもに金券ショップや消費者金融の入ったビルが狙われていた。他にはシルバーのアクセサリー店やブランド品買取店。

やはり換金性の高い品物がある店ばかりが狙われている。

アダルトグッズ店も襲われていたのには苦笑した。

狙いはなんだ？　わからねぇ。単に興味があっただけかも知れない。

センター街を襲ったのは、五十人規模の集団だったらしい。中には女も交じっていて、高性能バイブでも欲しかったのか？

淳一は首を捻（ひね）った。

四人一組の制服警官の巡回チームがあちこちをうろついていた。

模倣犯の抑止にはなるだろうが、もし襲撃を指揮したのが組長や姐さんの言うとおりヤクザ者だったら、同じ場所は二度と狙わないだろう。

無駄な張り付きだ。歌舞伎町や池袋、上野（うえの）などにも警官を張り付かせたら、何人いても足りない。

一通り見回った後、大手百貨店のA館とB館の間を抜け、明治通りへと入った。

表参道（おもてさんどう）も歩いてみた。この辺りは、襲われていなかった。海外の有名ブランドショップが入る商業ビルはセキュリティのレベルが高すぎるので、敬遠されたのだろう。そういえば銀座も襲撃されていなかった。

これは、無差別暴動ではない。きちんと計算された略奪だ。元ホストのチンピラヤクザにもわかるのだから、姐さんたちにはもう読めていることだろう。

三十分ほどうろついて、淳一は青山通りへと出た。

果たしてマトにかけられるカモ女がいるかどうかわからない。

だが、どうにかしたいと思う。

ホスト上がりの見習いヤクザのこの俺が、国のために女を嵌めてこいと言われたのだ。意気に感じるしかないだろう。

元ホストの腕の見せ所だ。

ゴールドプリンセスビルが見えてきた。黒く細長い五階建てのビルだ。一階はカフェ。二階と三階にデザイアという制作会社が入っている。

二階が総務管理部門で三階が制作部門だ。女は事務部門のほうに多いはずだ。出来るだけスケベそうな女を狙いたい。

淳一は、二階に向かった。

「すみません。こちらでは、社員募集していないでしょうか」

扉を開くなり、深々と頭を下げて、持参の封筒を差し出した。履歴書が入っている。

「申し訳ありません。当社は現在のところ募集はしておりません。突然、こられても困りますよ」

頭の上から、しわがれた女性の声が降ってきた。

「やはりそうですか……こんな時期にあるはずないですよね」

と、ゆっくり頭を上げる。

スタイルの良い熟女が立っていた。四十半ば。ウエストのくびれがセクシーだ。なんとなく顔の彫りも深い。英国の探偵映画にでてくる秘書のようだ。

淳一は、すかさず、事務所内の他の席に視線を這わせた。

交代出社をしているのだろう。デスクは二十席ほどあるのに、人は六人しかいなかった。

マロンブラウンの髪をハーフアップにした若い女の横顔が見えた。女はデスクトップ型パソコンに向かっている。通信販売のオペレーターのようなヘッドセットをつけていた。テレワークらしい。企業規模は小さくても、さすがは映画やドラマの制作プロだ。リモートワークへの設備投資はしっかりしているようだ。

「失礼しました。雇い止めにあってしまい、とうとう蓄えも尽きてしまったものですから」

悲愴な表情を浮かべてみせた。ホスト時代、さんざん特訓した表情だ。ホストは笑顔だけが武器ではない。泣き落としが出来て一人前である。

「大変ですね。でも本当にうちも、いつまでもつかって感じなんです」

秘書風の女性が、ため息交じりに虚空(こくう)を睨(にら)んだ。その背中の向こうで、ヘッドセットをつけた女が「次のロケはまだ決まっていないそうです。エキストラの方たちは、当面待機してくださいと、制作部からの指示です。はい、日給補償はするそうです」と言っていた。パールピンクのルージュをたっぷり塗った唇の動きが、とてもいやらしい。

狙いはあの女だ。

「すみませんでした。他を当たります」

淳一はもう一度、お辞儀をして、退去した。

エキストラの日給補償をするなど、誠意のある対応だ。

ビルを出て、すぐに傍見に連絡を入れた。マトにかける女を決めたので、次の作業のための手配を依頼する。ついでに街の様子やデザイアの雰囲気を伝えた。

五分後に、ビルの手前に黒のアルファードがやって来た。スライドドアを開けると、恐ろしく人相の悪いスキンヘッドの男と金髪に厚塗りのメイクの女が座っていた。男は黒のジャージ。女は身体のラインがはっきりわかるピンクのミニワンピだ。

ふたりとも、淳一に会釈をした。見た目とは違って礼儀正しい。

「本家住み込みの上原です。よろしくお願いします」

淳一も乗り込んだ。

「俺は、泰明金融の龍平。こいつはヨーコだ。苗字はいいだろう」

ピンときた。取り立て担当だ。

しばらく待機だ。

運転手も含めて無言で待った。龍平とヨーコは目を閉じている。

この業界では合同で仕事をする際にも、必要最低限のことしか口にしない。すべて傍見組長のシナリオに沿って動くだけだ。

よくしゃべる奴は、チキンとみなされる。

午後五時三十五分。

ゴールドプリンセスビルから女が出てきた。ブルーのワンピースの上から、ベージュのレインコートを羽織っている。スケベそうな顔の割に、服装は楚々としていた。

「彼女です」

淳一は、ふたりにそう告げた。同時に車内からスマホを向け、写メを撮って傍見に送信する。情報の共有だ。

「じゃぁ、仕事するか」

龍平が、両手で頬を叩いた。ヨーコがしっかり顎をひく。

「アヤは俺たちのタイミングでつける。割り込みは、そっちの自由だが出来るだけ早いほうがいい。警察(マッポ)や別な奴に割り込まれても困るしな」

「はいっ」

龍平が扉を開けた。ヨーコが続く。

淳一は緊張した面持ちで続いた。

女は表参道の駅を越えて、渋谷方面へ向けて歩いている。最近は、電車に乗るにしても一駅、二駅減らす人が増えた。密閉空間に滞在する時間を出来るだけ短くしたいのだ。

青山学院大学の手前のカフェの前で女は立ち止まった。シアトル系のカフェは全店閉まったままだが、国内系のカフェはところどころ開いていた。

テイクアウト営業の店が多い。この店もそうだ。

女は店内を覗き、入った。すぐに龍平とヨーコも続く。淳一も倣(なら)った。

先客は一人だけだった。サラリーマン風。一メートル間隔でラインが引いてある。誰もがいまは従っている。龍平たちも一メートルおきに並んだ。

最前列のサラリーマンがコーヒーを片手に出て行った。

女がオーダーをしている。

カプチーノにホットドッグだ。

そのままカウンターの先に進む。

龍平が生ビールをオーダーした。すぐに先に進む。女の背後に立った。

ヨーコが店員の前に進んだ。ロイヤルミルクティーをオーダーする。ヨーコがまとめて支払いをしていた。

淳一の背後に、数人の客が並んだ。

ここではないほうがいいかも知れない。

そう思った瞬間だった。

「あっ」

と女が叫んで前につんのめった。生ビールを受け取る龍平が、わざと肘を張ったのだ。

女の手にしていた紙カップの蓋が剝がれ、中身のカプチーノが放物線を描いた。

その着地点に見事にヨーコが進み出た。ピンクの生地が張り付いたバストの谷間をカプチーノが濡らす。

「熱いっ。いやぁあ熱いっ」

ヨーコが大声を上げた。

「ご、ごめんなさいっ」

女が慌てて、カウンターのナプキンを取ろうとした。その足首に龍平が、さらに爪先をひっかける。女はカプチーノのカップとホットドッグの紙袋を抱えたまま、ヨーコのほうへと転がりこんできた。

「あんた、この服、どうしてくれるのよ」

ヨーコの平手が飛ぶ。女の顔が歪(ゆが)んだ。ふつうの人間というのは、たいてい殴られた経験がない。

「あっ、クリーニング代を払います」

女は、明らかにパニックになっていた。

「そんなことですむと思ってんのかよ。あぁ、クリーニング代じゃなくて弁償だろうよ。この服、五十万だぜ」

龍平が、すごんだ。いきなり高額を吹っ掛けて、思考を混乱させる攻め方だ。それでなくともスキンヘッドにサングラスの男に凄(すご)まれたら怖い。

「えっ、そんな」

女は狼狽(うろた)えるばかりだ。ヨーコが女の胸倉を摑んだ。般若(はんにゃ)のような形相(ぎょうそう)だ。

「こっちこいや」

龍平が背後から女の腕を摑み、出口に向かって引っ立てる。ちょうどカウンターの前で淳一と向かい合う形になった。

「その人、わざとやったわけじゃないんでしょう？　乱暴するのはよくないですよ。それと五十万円なら、その金額を証明する領収書とか見せてください」

淳一は一歩前に進み出た。ここは爽やかヒーローとしての見せ場だ。

「なんだこらっ。粋がってんじゃねぇぞ」

龍平が、いきなり拳を振りあげストレートを見舞ってきた。鼻梁（びりょう）の右側の頬に、思い切りめり込まされる。一瞬、目の前が真っ白になった。続いて足払いをかけられる。

「うっ」

マジかよ。淳一は、鼻孔（びこう）から血飛沫（ちしぶき）を上げながら、床に片膝を突いた。リアリティありすぎだろう。

「他人が割り込んでくるんじゃないわよ」

今度は、ヨーコが生ビールの入った透明カップを叩きつけてくる。

「くっ」

顔面が血とビールの泡でぐしゃぐしゃになった。まるでヒールのプロレスラーだ。ワイシャツやスーツの前も汚された。

「これ立派な傷害罪ですね。僕の鼻、整形してますから、修復するのに五十万じゃ足りませんよ」

淳一はカウンターに手を突き身体を支えながら、サイドポケットから、スマホを取り出した。

「僕は弁護士です。訴えますっ」

龍平とヨーコの顔にスマホを向けた。シャッターを押す。フラッシュが飛んだ。スキンヘッドに反射する。

「ちっ、なんだよ。てめぇ、弁護士かよ。これは事故だ。こっちも引っ込めておいてやる」

龍平は決まりの悪そうな顔をして、女の手を離した。

ヨーコも舌打ちして、カウンターに一万円札を一枚置いて踵を返した。店への迷惑料ということらしい。ふたりとも威嚇のプロだ。始末の付け方も知っている。

「お騒がせしました。僕は、もう大丈夫ですから、どうぞ、みなさん普通にオーダーしてください」

背後の客に会釈をして、淳一は店を出た。ハンカチで顔を拭う。

「あの、すみません。助けていただいて……」

背中で女の声がした。そうこなくっちゃ。淳一は、満面の笑みを浮かべて振り返った。

5

「本当はホスト。だから口から出まかせが得意なんだ」

「弁護士さんじゃなくてホストですか」

歩きながら、真知子が噴き出した。

宮益坂（みやますざか）を渋谷駅に向かって下りて行った。

「もっとも店が潰れて、今は失業中だよ。ホストに限らず接待業、飲食業は壊滅状態だから、どこでも働けるところを探さなきゃと思って就活中。鈴田（すずた）さんの勤務先では断られたけど」

女の名前は鈴田真知子（まちこ）。デザイアの総務担当だった。

「私、上原さんがいらしたとき、パソコンに向かっていたので、ぜんぜん気が付かなかった」

真知子がすまなさそうに言った。

「いやいや応対してくれた人が大柄だったから、俺の身体、隠れちゃっていたと思う」

真知子が笑った。

「直美さんですね。古株ですが、いい人ですよ。お局さんぽくもないし」

「へぇ～　それよりつい聞いてしまったんだけど、エキストラに休業補償を出すって、デザイアってすげぇ良心的な会社だね。俺たちの業界じゃありえない」

「私も、そう思うんです。ロケなんて当分入っていないのに」

真知子も不思議そうに西の空を見やっている。

どういうことだ？

徐々に宮益坂の下に近付いてきた。明治通りだ。もう一芝居打たねばならない。

「痛っ」

淳一は大げさに膝を折った。道端に跪く。

「大丈夫ですか」

真知子もしゃがみ込んだ。

「さっきの蹴りが今頃利いてきたようだ」

「上原さん、お宅はどちらですか？　私タクシーで送ります」

「いや、もう家なんかない。たまたまホスト時代のよしみで道玄坂のラブホに無料で泊めてもらっている」

膝を突き、苦痛に顔を歪めながらも、淳一は真知子をしっかりと見つめた。

笑顔を現金に換える男——それが、淳一のホスト時代の異名だ。

もとよりホストは、すべての表情、一挙手一投足までが金になるように日ごろから鏡の前で訓練しているものだ。

極道が恫喝するときの顔を、毎日特訓しているのと同じだ。

じっと見つめた。必死に立ち上がろうとするボクサーの顔をイメージした。

「ラ、ラブホですか」

さすがに真知子が戸惑いの表情を浮かべたが、すぐに決意したように言い直した。

「ラブホでも構いません。私のせいなんですから。容態が安定するまで、一緒にいます」

悲愴な表情だ。

落ちた。

淳一は、野心が顔に出ないように「すまない」と頭を下げた。

タクシーで道玄坂二丁目に向かい、ラブホテル『入れてもいいのよ、私は』に入った。

華岡観光に差し出させたホテルだ。

どうしようもないホテル名だが、たしかにチェックインしたとたんに、合意を取り付けてしまう効果もある。このネーミングのホテルに入って「無理やりされた」は通用しないだろう。

まだ患者の受け入れはやっていない。というか、このホテル名、変えないと無理だろう。俺が患者でも抵抗がある。家族にも言えない。

真知子もタクシーの扉が開いた時点で、唖然となっていた。

部屋の中央にキングサイズのベッドが据(す)えられていた。

「早く、横になってください」

真知子がかいがいしく、ベッドカバーを剝(は)がした。

「いや、まずシャワーを浴びる」

淳一はすぐにスーツを脱ぎ始め、どんどん脱ぐ。ベッドの下からランドリー用のビニール袋を取り出してその中に脱いだ服を放り込む。

「俺なりの危機管理。外出で着ていたものは、すぐにクリーニングに出すことにしている」

久しぶりにはいたホストならではのビキニパンツも脱いで、袋に放り込む。

勃起していた。千人以上の女を泣かせた名刀だ。

「凄い……」

真知子の頰が真っ赤に染まった。耳朶(じだ)まで真っ赤になっているが、淳一の巨根から視線を逸(そ)らそうとはしない。

サラミソーセージのような色合と硬度を持った肉棹に見惚(みと)れてくれたようだ。

そのために脱いだ。口実に時節を取り入れるのも枕ホストのお家芸だ。

「すまん。襲う気などないけれど、鈴田さんほどの美貌の女性と一緒にいて、発情するなというほうが無理だ。ウイルスを流してくるのと一緒に、発情汁も抜いてきちゃうから。心配しないで」

淳一は、直ちにバスルームに飛び込んだ。

勝負だ。

バスルームの扉は磨(す)りガラスになっている。中の動きは、真知子にも見えるはずだった。バスタブに湯を張りつつ、洗い場のシャワーを全開にした。湯を浴びながら、股間でソープを泡立てる。陰毛で泡が、どんどん大きくなっていく。

そのまま左手を壁につき、右手でサラミソーセージを扱(しご)き始めた。立ちオナニー。ゆっくり扱く。扉に背中を向けていたが、あえて横向きになる。真知子に扱いてるシルエットを見せつけるためだ。

発射させてはまずいので、ゆっくり扱く。棹の根元で、泡がどんどん膨らんできた。

扉の向こう側から、衣擦(きぬず)れの音が聞こえてきた。真知子も脱ぎ始めたようだ。かなり早いスピードで脱いでいる。淳一に抜かれてしまいたくないのだ。

「あの、私もウイルスを流してしまったほうが……」

乳房を左腕で、股間を右手で隠した真知子が、バスルームに入ってきた。

「そうだよね。一緒に落としたほうがいい」

淳一は、シャワーヘッドを手に取り、真知子に向けた。

「まずは、ここ」

股間に向けた。

「いやん」

真知子が腰を引いて、手をどけた。陰毛は小判型に綺麗に刈り揃えられていた。

「一番、密閉されているところだから。丁寧に、逆噴射」

「えっ」

シャワーヘッドを真知子の股間に差し入れ、噴水のように、下から上に向けて湯を出した。

「あっ、ちょっと、ちょっと、これ変な気分になる」

湯圧で肉襞を割り広げてやる。花も開いたはずだ。

「あぁ、いやんっ」

真知子は喜悦の声を漏らしながら、顔を歪めた。

肘（ひじ）が下がり、バストがあらわになった。小ぶりだがおわん型だ。大粒の乳頭が硬直していた。

お互い立ったままなので、亀裂の様子は窺（うかが）えないが、淳一は勘で、女の肉体のあちこちを湯で刺激した。

「じゃあ、バスタブの中に足を入れて、壁に手をついて、お尻を突き出して。もっとちゃんと密閉個所を見ながら洗浄しないと」

淳一は淡々と命じた。

「はい……」

適度に淫処を刺激された真知子は、命じられるままにバスタブに入っていく。

すでにエロプレイに入っているのは、当人もわかっているのだが、そこはあいまいにしておいたほうがいい。

なし崩しに、合体。あれよあれよという間に、やっちゃったというパターンがこの場合望ましい。

真知子がバスタブに脛（すね）までつけ、プリッとした臀部（でんぶ）を突き出してきた。亀裂がはっきり見えた。五センチぐらいの亀裂。薄桃色の小陰唇（しょういんしん）が咲きこぼれていた。

すでにクリトリスが表皮からほんの少し顔を出している。

そこにあらためてシャワーをかけながら、ソープボトルのノズルをプッシュして、肩口からソープを垂らしていく。

「おっぱいは自分で洗って」

あえて洗ってと伝える。揉んでとは言わない。

「あっ、はい」

真知子は、ソープをバストに塗し、両手で揉みこんでいく。紅い淫処をシャワーで攻め立てながら、淳一は時折、尻山にサラミソーセージを押し付けた。

「あんっ、凄く硬いですね」

そのたびに、真知子は総身を震わせ、乳房を鷲摑みにした。

「あの、ここも、ソープで洗ってくれない？　俺も、自分の尖端をもっとよく扱くから」

「えっ、私が自分でですか？」

真知子が振り返った。乳首はもうはちきれそうなほど硬直し、目はトロンとなっていた。

「うん、子供じゃないんだから、自分で洗って」

これも洗ってという、一種の免罪符だ。

「は、はい。そうですね」

真知子は上ずった声でそう言い、股間に自らソープを塗った。「あはんっ」と声をあげて、花びらを人差し指で広げていく。ワイパーのように動かし始めた。尻山がヒクヒクと笑窪をつくる。

見ていて、淳一も昂ってきた。素人女がする無意識オナニーはエロい。

「そのくにゃくにゃした皮も剝いて、よく洗ったほうがいいよ」

「えっ、そこは……」

「そこ、皮を被っちゃっているから、一番密閉しているでしょう」

「そうだけど……」

「ぴったり張り付いた花びら、皮を被ったクリトリス、風通しの悪い膣孔。それ三密だろう。一気に洗ってよ」

「いやんっ、ばかっ」

さすがに真知子が呆れたような顔をしたが、もう引き戻せない淫気に包まれてしまっているようだ。

「洗います！」

コメカミに筋を立てた真知子が、秘孔と肉芽を猛烈に攻め立て始めた。

「あぁああ、いやんっ、もう昇きたいっ」

　混乱した声をあげながら、秘裂を執拗に擦り立てている。

　頃合いを見計らい、淳一は、真知子の耳もとに囁いた。

「濃厚接触は、バックからが望ましいって、専門家が言っている」

　亀頭を花びらに擦って馴染ませる。

「ほんとですか?」

　真知子が、また振り返った。目の隅がねちっと紅く染まり、唇はアヒルのように尖っていた。

「嘘に決まっているだろう。真知子ちゃんのスケベっ」

　そう言って、一気に腰を送った。亀頭がむりむりと淫層に滑り込んでいく。

「あぁああ、いいいっ」

　真知子も尻をせり出してきた。

「だけど、これ、ルールを守った濃厚接触じゃね?」

「っていうか、私、よくわかんないうちに、挿入されちゃっているんだけど」

　ようやく気が付いたようだ。

「真知子ちゃんの会社には入れなかったけれど、真知子ちゃんには入っちゃった。もっと動かしたいんだけど。ダメかな?」

亀頭を小刻みに動かしながら訊いた。

「ダメじゃないです。いっぱい動かしてくださいっ」

「わかった」

淳一は、そこから、鈴田真知子に百戦錬磨の性技を、次々に施した。

睨んだ通り、真知子はスケベな体質で、尻穴や脇の下など、これまで開発されていなかった部分を強く刺激してやると、敏感に反応して、すすり泣いた。

セックスの虜にするのに五時間とかからなかった。

ぐっすりと眠り朝を迎えた。

「私、腰が抜けたままみたい。会社に行くの無理かも……」

真知子は、またもう一回やりたいと、しがみついてきた。

「真知子をリモートしたい」

「えっ、どういうこと？」

「テレワークって、俺なんか憧れなんだよ。ホストってそういうことしないでしょう。オフィスにいる真知子と、パソコンで、いろいろしてみたい。机の角にアソコを押しつけたり、嫌いなおっさんの椅子にまん汁たらさせたり」

「ええ～、無理だよ。音声だけならいやらしい命令も聞けるけど、画像は無理だよ。他の人もいるんだから」

　真知子が甘ったれた声をだした。

　誰もいなければ平気だということだ。

「休日出勤すればいいじゃん」

　土曜日は明日だ。

「不要不急の出勤？」

「必要じゃない？」

　すっと真知子の股間に指を伸ばし、秘孔に人差し指を忍ばせた。どっぷり濡れていた。

「必要かも……」

「なら、今度」

　指を抜く。

「えぇ～、今からやってくれないの」

「次までお預け。その代わり、今から今日の出勤用の洋服を届けさせる」

　真知子の瞳が輝いた。

　飴と鞭。この女、どうにかリモートコントロール出来そうだ。

第三章　ロックダウンへの導火線

二〇二〇年四月

1

「日本が独立した一九五二年（昭和二十七年）あたりのことねぇ。わしが高校生の頃だな」

明石町で酒屋を営む勝田林太郎が、店の前で、腕を組んだまま空を見上げた。午後二時だ。

青空が広がっている。勝田は八十五歳の現役店主。マスクで覆った顔の上半分は皺だらけだ。

川崎浩一郎は、メモを取らずに、笑顔だけを向けた。国が配った布マスクをして来ているが、小さすぎて耳が痛い。

「その頃の築地には米軍キャンプがあったそうですよね」

昔のことは、その時代を目撃している老人に聞くのが一番いい。たとえ単なる印象証言でも、克明に書き込まれた紙資料などよりも、その時代の空気感を伝えてくれるものだ。

「覚えているよ。キャンプ・バーネスね。代々木のワシントンハイツとか練馬のグランドハイツなんかとは比べ物にならないけれど、小さな居留地にはなってたね。キャンプがあったのは、わしが十歳から十七歳の頃の話だ」

ようやくキャンプ・バーネスを知っている人物と巡り合えた。日本人の寿命が延びたことに感謝するしかない。当時を知る人が元気に働いてくれているのだ。

「勝田酒店は、その頃から銀座のクラブに酒を卸していたんですよね」

築地の古老の眼が吊り上がった。

「そうよ。あの頃は、どこのクラブやキャバレーも地元の酒屋を大事にしていたもんだ。いまじゃ、高額洋酒もすべてネットで仕入れていやがるがね。まったく義理も人情もなくなっちまった。いやになるね」

洋酒という言葉自体、川崎には新鮮だ。

「輸入ウイスキーはなかなか手に入らない時代だったのでしょう？」

川崎は文化部の記者を装っていた。戦後の風俗の聞き取り取材という名目で、築地市場界隈（かいわい）の老舗（しにせ）商店に聞き込みをかけているところだ。

輸入ウイスキーと切り出したのは、当時の米兵の様子を知りたかったからだ。

キャンプ・バーネスがあった時代を記憶している老人に、ようやく出会えた。

「そりゃ手に入らなかったそうだよ。戦前よりもきつかったって、親父が言っていたものな。闇ドルがないと輸入ウイスキーは買えなかった」

「闇ドル？」

記者として一応の知識はあった。だが確認の意味で、その時代を知る人物の口から聞くのは興味深い。

「いまのように、だれでも銀行に行けばドルに変えられる時代じゃなかったって。正規ルートでドルを手に入れられる者は限られていた。だから闇ドルが横行したってわけよ。外国人を動かすには円ではなくドルが必要だったから」

「ということは、こちらの先代も当時は仕入れには苦労したんでしょうね」

「うちの親父は、パンパンルートで、そこそこ洋酒を仕入れていたそうだよ」

「パンパンルート」

川崎は、思わず訊き返した。

「パンパン。売春婦だよ。キャンプ・バーネスやＰＸ（将兵向けの日用品・飲食物の売店）があった頃はもちろん、その後も、銀座や有楽町は米兵が闊歩してた。それに群がっていたパンパンからジョニーウォーカーとかを流させたんだ。接収後になってもパンパンは、米兵崩れの不良外国人やそこら辺と付き合っていた愚連隊の男たちと寝て、洋酒やアメリカ煙草、それに食材なんかを手に入れていたわけだ。うちの親父は、そのパンパンたちから日本円で物資を買い込んでいたわけ」

「なるほど」

川崎は、頭に会話の内容を叩き込んだ。

一九五二年の講和条約発効後、キャンプ・バーネスや、ＰＸとして接収されていた服部時計店や松屋も返還されている。

進駐軍は、その後、在日米軍と名を変えたのだ。

「米兵崩れの不良外国人が跋扈していた時代ですね」

川崎は訊いた。

「兵役免除になってもアメリカには戻らず東京に居ついた連中のことさ。米国籍だが南米系やイタリア系といった兵隊が多かった。本国に戻っても、どうせたいした職に就けない彼らの目には、米国籍というだけで特権階級になれる日本は天国に映ったはずだよ」

戦後の東京で暗躍した不良外国人については、アメリカ人ジャーナリストの著した本で読んだことがある。日本人ジャーナリストではとても描けないような内容だったことを覚えている。

「当時の東京は、不良外国人の天下だったみたいですね。ナイトクラブも外国人ばかりが集まるような店が続々と出来たと」

「そういう時代だったと思う」

勝田は当時を懐かしむように、潮の匂いのする佃島の方向を眺めた。

「覚醒剤とかも頻繁に取引していたんでしょうか」

「それもあったと思う。だけど、わしの印象としては、覚醒剤よりも拳銃だったな。当時はまだ国内でもヒロポンが結構あったし、その気になれば、日本人でも覚醒剤は作れたが、拳銃は手に入りにくかったはずだ。日本人には銃は持たせるな、ってことでね、まぁ戦争の相手だったんだからしょうがない」

恐らく当たっている。覚醒剤の持ち込みはさすがに米国人でも難しかったと思う。米軍のキャンプ経由にしてもＭＰが目を光らせている。ただし拳銃は本土では普通に売っている。それこそキャンプ経由でいくらでも日本に持ち込めたはずだ。

「築地市場の倉庫が拳銃の取引に使われていたというのはないですかね」

するっと訊いてみた。

「それは、大ありだね。おいっ、あんた一体何の取材かね？」

勝田が眼を細めた。

「いやいや、すみません。話が、横道にそれました。自分はアクション映画とか好きなもので。ところで、当時の銀座のバーやクラブではどんな酒が流行っていたんですかね？」

質問を文化部記者風に変えた。

「国産ウイスキーとビール。いまのように種類はないね。銀座のクラブでもビールが主流さ。どの席にも瓶ビールが並んでいたものさ。高校時代、親父の手伝いで銀座の店にリヤカーに載せたビールを配っていた頃は、偽造ウイスキーなんてのも出回っていたというしな。そう、まさに接収が解除になった昭和二十七年頃だな」

「偽造ウイスキー？」

「そう、エタノールと安い国産ウイスキーと水を混ぜた酒だ。それをジョニーウォーカーのボトルなんかに詰めて、バーテンダーが平気で注ぐんだ。たちの悪いバーテンダーは、よく親父に、舶来酒のボトルだけ探してくれないかなんて言っていたよ。そんなもんが横行していた時代だよ。昭和三十年代の中ごろまではね。まともになったのは、最初のオリンピックが来た頃じゃないか。ってか次はなさそうだけど」

勝田林太郎は、藍染めの前掛けを軽く払った。

「勝田さんも来年のオリンピックは、ないと思いますか？　いや、これは全然関係ない質問ですけど」

「もはや誰も歓迎していないだろう。アスリートの若者たちには悪いけどね。わしは五歳の時にも一度オリンピックが飛んでいるから、これが初めてじゃねぇしな。二度オリンピックを見れるかと思ったらよ、二度中止するのを経験するはめになっちまいそうだ」

勝田が、カラカラと声をあげて笑い、店の前に立てかけてあった自転車のハンドルに手をかけた。買い物カゴ付きの黒い自転車だ。

東京は一九四〇年大会も中止となる経験をしているのだ。第二次世界大戦だ。今度もまた戦争と同じような状況で、中止に追いこまれるのだろうか。

「ありがとうございました。お仕事の時間ですね」

川崎は一歩引いた。

「いやあ、わしは、ただの散歩だよ。昔はこの時間に常連の店の鍵を開けて、前日に注文を受けていた酒や氷を入れていたもんだが、いまは倅（せがれ）がやっている。といっても二月までの話だ。いまじゃ、息子も、晴海のタワーマンションに毎日配達に行っている。ワインとチーズのデリバリーだとよ。変わったもんだねぇ」

「自転車、気を付けてくださいよ」

八十五歳だ。車はもとより自転車の運転も危ない年齢ではないか。

「なあに、乗るわけじゃないんだ。杖代わりに引いて歩く。楽なんだよ。自転車を引いて歩くと。それにこれカゴがついているだろう。途中でなんか買い物しても手にぶら下げて歩かなくていい」

食えねぇ爺いが増えているというが本当だ。

「話を聞かせて貰ってありがとうございました。こんなものじゃ謝礼にもならないですが」

川崎は毎朝新聞の社名入りのボールペンとメモ帳を差し出した。

新聞記者セットだ。子供には喜ばれる。大人用にはビール券だったが、酒屋に渡すのもどうかと思いやめた。

「悪いねぇ。そうだ、あんたさっき倉庫で拳銃の取引はなかったかって言っていただろう。それ、たぶんあったよ。あの頃は極道のトラックも多く出入りしていたし、レストランを開いた外国人も買い付けに来ていたんだ。場内でやばい取引していたのは、十分ありえるねぇ」

勝田はハンドルに取り付けられたカゴにボールペンと手帳を丁重に置くと、にやりと笑った。

この爺い、小出しにしていやがる。

記者の勘としてそう踏んだ。年寄りほど話し相手を欲しがるものだ。

「勝田さん、そのあたりの話、もっと詳しく聞かせてくれませんか」

川崎はねばった。

「わしだけだと曖昧だから、同級生を何人か集めておく。市場の中で働いていた同級生もまだ生きているのがいる。みんな、最近のことはすぐに忘れても、七十年前のこととかは覚えているもんだ。揃ったらあんたの携帯に電話する。メモをくれ」

名刺をくれと言われなくてよかった。名刺には社会部と記されているからだ。

川崎は、先ほど勝田に渡したメモ帳を取ると、番号を書き込んだ。

「よろしくお願いします」

「ビールはわしが提供する。ツマミは、あんたが持ってきてくれ。では、わしは散歩に出かける。今日の銀座は空いていて歩きやすい。まるで戦時中の銀座だからな」

勝田が呑気に笑い、自転車を引きながら、東銀座のほうへと歩いて行った。

川崎は、取材を続けるために、近所の商店をさらに数軒回ったが、当時を知る住人は、まったくいなかった。

この辺りの住民構成も大きく変わっているようだった。

晴天だがもう暑い。川崎は額の汗を拭(ぬぐ)った。

いずれ夏がやってくるのだろうが、新型ウイルスは、まったく衰える様子がない。毎年冬に猛威を振るうインフルエンザとは、根本的に違うということが立証されたわけだ。二月頃、インフルエンザ並みのウイルスだから、夏には収束すると笑っていたテレビのコメンテーターたちを張り飛ばしたい気分になる。

だいたいが経済評論家だった。

——今の状態は、すべて当初の楽観視に起因している。

しかし自分が記者としてどれだけ警鐘(けいしょう)を鳴らせたかといえば、これまた恥じ入らねばならない。

どうしていいのか、わからぬままここまで来てしまったというのが正直なところだ。

毎朝新聞としても、いまだに論が定まっていない。

命が優先なのは当たり前だ。

だが、自粛にも限界がある。

緊急事態宣言が発出されたのは、四月だが、飲食店などへの客足は、三月上旬からピタりと止まっている。

飲食店など個人商店はもとより町工場などの零細、中小企業の休業は三か月が限界であろう。

日々発表されるのは感染者数だが、その裏で失業者数も自殺者も、急増していることは、まだあまり伝えられていない。

閑散とした街とハローワークに失業保険申請に並ぶ人々の群れは、一九三〇年代の世界恐慌の時代を伝えるモノクロニュース映像を連想させる。

感染防止か経済活動再開か？　そんなことは、もはや誰にも答えられない。

まるで戦時中の銀座だからな——閑散とする銀座を、八十五歳の勝田はそう表現した。

歴史が繰り返されるとしたら、その次に来るのは、失うものがなくなった人々の暴動だ。

一九五二年五月一日の『血のメーデー』のような騒乱が起きないとも限らない。占領解除の三日後のことだった。

現代（いま）起きたら、当時のような鉄パイプや竹槍ではすまないだろう。

腕時計を見ると午後四時だった。

川崎は、築地本願寺（ほんがんじ）の前を通り、中央南署に向かった。

2

中央南署の駐車場から、正面玄関に進むと立ち番の制服警官が六尺警棒の底でガツンとコンクリートを叩く。

「不要不急の来署はご遠慮ください」

制帽を目深（まぶか）にかぶっていたので気が付かなかったが、馴染みの地域課警官だった。赤井（あかい）正樹（まさき）。柔道の達人だ。

「まだ記事にしていない有力な情報（ネタ）をやる」

「川崎さんがくれる有力な情報って、明日の天気予報とか、四コマ漫画のオチでしょう。いらないですから」

「休業中の『カモメ食堂』のメグミちゃん、昨日から歌舞伎座の近くのコンビニで、バイトをやっている。店の売り上げがないからカバーするために出たんだろう。昼の一時から七時までだ。明け番にでも覗いてみたらどうだ。好きなんだろう？　メグミちゃんのこと。でかいマスクをしていたよ」

「珍しくいいい情報ですね。どちらに？」

「地域課の下平さんの顔を見たい」

「どうぞ。今頃は、帳場に詰めているはずです」

赤井は、身体を引いて署内の右奥を指さした。大会議室に帳場が立っているようだ。川崎は、片手を上げて署に入った。一階の正面では地域課と交通課の警察官たちが忙しく動き回っていた。誰もがマスクをしているが、間隔は密だ。

その前の通路を通って進むと、大会議室の扉が見えた。『築地市場遺体遺棄事件捜査本部』の戒名が貼られている。いまだに殺人とは断定できていないということだろう。

近づき、そっと中を覗いた。

がらんとしていた。長机が何本も並んでいるが、座っている捜査員は数人だ。幹部の姿も見当たらない。

最後列の中央でタブレットを眺めていた角刈りの男が振り向いた。下平辰郎だ。日ごろは制服に身を包んでいるが、いまは私服だった。

「おいっ、ここは記者が入ってくるところじゃねぇぞ。用があるなら、表で待っていろ」

猪首を回しながら凄んでいる。

「自分らも、警察官の皆さんと同じでソーシャルディスタンスとやらをとっていたら仕事にならないんです」

川崎はさすがに帳場には踏み込まず、扉の前で手招きした。下平との付き合いは十年になる。警察担当(サツタン)の記者の多くが刑事課や組対課の刑事に張り付く中、川崎は地域課や交通課の警官たちとこまめに交流を深めていた。

大きな事件でも、機動捜査隊と共に、最も早く現場に駆けつけるのは地域課の警官であり、現場封鎖や警備を行っているのも彼らである。

「ったく。図々しいにもほどがある」

片眉を吊り上げながらも下平が通路に出てきた。

「ずいぶん、緊迫感のない本部ですね」

「俺たちは、刑事たちのサポートをしているだけだ。何も知らんぞ」

「こちらとしても、立ち番に手土産は渡してあります。カモメがまたぞろ動いていますよ」

カモメとは万引き常習犯の女だ。四十二歳。観光客のトランクやハンドバッグの置き引きを得意としているが、外国人観光客の激減で、近頃はコンビニやドラッグストアから直接引っ張るようになった。

下平は納得したように頷いた。

「ここではまずい」

率先して通路を進んでいく。駐車場へ出た。

「コーヒーでもどうですか？　あそこなら、問題ないでしょう」

川崎は通りの向こう側を指さした。シャッターを半分だけ下ろしている店がある。とっくに廃業している喫茶店だ。今は脱サラした小説家が仕事場として間借りしている。

「わかった。あそこなら奢られたことにならない」

ふたりで、元喫茶店に入った。

「先生、ちょっと、カウンター席を貸してくれないかな」

勝手に入り込んだ川崎は聞いた。

「どうぞ、好きに使ってください」

ボックス席で小説家がノートパソコンを叩いていた。

六十代後半。

灰色がかった髪に銀縁眼鏡。髪の毛と同じような色の口髭を蓄えた男だ。茶色のベストを着て、葉巻を咥えていた。小説家然とした自分の姿に酔うタイプのようだ。

沢元祐樹。荒唐無稽なアクション小説ばかりを書いている男だ。世間的には無名。

「沢元先生、また出鱈目な警察小説を書いているんでしょう？　日本の警察はヘリコプターからマシンガン射撃なんてしませんからな。ほどほどにしてくださいよ」

下平がカウンター前の華奢な椅子に巨体を収めながら、冷やかすように言う。

川崎は並んで座った。

「警視庁からクレームを受けたことはありません。それにせっかく警察署の前に仕事場を構えて、皆さんと顔見知りになったのに、誰も署の内部について教えてくれないですよね。取り調べ部屋のマジックミラーの大きさとか、留置場の坪数とか、あとパトカーの仕様とかね。その辺がわかるとぐっとリアリティが増すってもんです。なのに教えてもらったのは売店のジャムパンの値段ぐらいです。だから想像力で書くしかないんですよ」

小説家は一応屁理屈を言った。

警察は、小説に限らず、映画、ドラマ、芝居等で、どんな風に描かれても、クレームをつけることはない。だが決して本当のことを教えるということもしない。

ある程度精通しているのは、警察担当の新聞記者ぐらいだ。

下平が続けた。

「いや、結構、想像力でお書きになってください。全部嘘ってことにしておいてもらわないと、こっちとしても困る」

「じゃあ、僕の小説の当たっている部分もあるんですね」

「ノーコメントだ。とにかく、書くのは嘘だけにしてくれ」

「心配いりません。私の書く作品に、たとえ真実があろうと誰も信用しません」

小説家が自嘲気味に言った。

「だからこの店では、気兼ねなく話せるんですよ。聞かれて書かれても、誰も信じない」

川崎は笑った。

小説家はキーボードを打つのを再開した。

店は、五年前に閉店した時とまったく同じ状態に保たれており、目の前にはいくつものサイフォンが並んでいた。

そのひとつがちょうどドリップ中だった。カウンターには灰皿もあった。下平は胸ポケットから煙草を取り出し、一本咥えた。

「で、捜査本部の、あのやる気のなさは何ですか?」

「発見された遺体が古すぎる。よほどの事情でもない限り、一期と待たずに本部は縮小されるだろうな」

「もはや、迷宮入りでいいと」

「上層部の見立ては、遺棄した容疑者自体がすでに死亡している可能性が高いというものだ。そんな事案に捜査員を割（さ）いてもしょうがないということだな」

「警視庁（ホンシャ）の加橋部長は、捜査本部に張り付いているんですか」

「いやいや、三十年前の遺体だということが濃厚になったところで、一課長にまかせてホンシャに帰っていった。俺も、いまさらほじくったところで、どうなるもんでもないと思うね。あんたたちマスコミにしてみれば、三十年前の遺体の正体を暴くとか、そんな面白さがあるんだろうが、俺たちは、昨日今日の事件に追われているんだ。遺跡発掘調査団じゃないんだ」

「三十年前と断定ですか？　しかし科捜研からの正確な鑑定は出ていないんですよね？」

「出ておらんよ。だが、有力な根拠がある。そいつは喋れんがね。まさに容疑者しか知らない事実の可能性がある」

遺留品に約三十年前と知らせる証拠があったということだ。黒須は知っていたに違いない。ちっ、と胸底で舌打ちした。それにしても——

「ちょっと、淡白すぎませんか？」

釈然としない。

「上としては、面倒くさいんだよ。三十年も前の遺体遺棄事案なんて、迷宮入りでも致し方なしということだな。だれもペナルティを受けない」

ちょうどコーヒーが出来上がった。

「淹れますよ。マイブレンドです」

作家が立ち上がってカウンターの中に入った。手慣れた感じでカップを三個並べて注いだ。

「いまはどんなものを書いているんですか？」

川崎は、お世辞で訊いた。

「ちょっと角度を変えて、芸能界の内幕物を書いている。昭和が舞台さ。警察小説もこのところ飽和状態でね。それにこの疫病禍（えきびょうか）で、六〇パーセントの書店がシャッターを下ろしてしまっている。休業からそのまま廃業っていう最悪のパターンも増えそうだよ。だから私も、ここらで一発、仕事の方向を変えようかなって、出版社にいろいろ新企画を提案している。自己啓発本とかね」

小説家が苦笑いをしながらカップを差し出してきた。いい香りだ。一口飲む。深炒りらしく濃厚な味わいだ。この老いぼれ作家、小説なんか書くより、喫茶店をやったほうがいい。

「だがネット書店は盛況だそうじゃないか。先生の商売は、そうそう変わらんだろう。もともとが在宅ワークだ」

下平もコーヒーを啜（すす）りながら言った。煙草の煙とコーヒーの香り。ちょっと前の東京の光景だ。

「いやいや、通販っていうのはね、好きな作家とか、もう心に決めている作品だけを買うもんさ。書店は違う。人は書店をうろつくことで新たな本の情報を得る。ベストセラーも読みたいが、ふとこんな作品もあったのかと、手に取った瞬間に興味を持つこともある。俺の作品を買ってくれる人なんて、ほとんどエキナカ書店での衝動買いですよ。それが激減してしまったんだ。戦略を練り直さなければならない」

「まぁ、先生の『淫爆（いんばく）』なんて作品は、とても家に持って帰れないものな。スパイ小説にみせかけたエロ小説だ」

下平が言った。下平はこの胡散臭（うさんくさ）い作家の作品を読んでいるのだ、と川崎は感心した。

「古き良き時代の芸能界の裏話、それは読みたいものです」

「あぁ、まだ資料と首っ引きだからね。今年中には書き上げるさ」

小説家は自分のカップを持って、またボックス席に戻っていった。川崎はふと思うところがあって作家に訊いた。

「沢元先生、三十年前ってどんな歌手が活躍していたんですかね？」

「八〇年代はアイドル全盛期だ。松田聖子（まつだせいこ）と中森明菜。男は、田原俊彦（たはらとしひこ）と近藤真彦（こんどうまさひこ）。そんなところだよ」

自分が生まれた頃の話だ。読んでみたい気もするが、今はどうでもいい話だ。

　川崎は、下平に向きなおった。

　耳元で囁(ささや)く。

「築地の現場写真とか見れませんか？　捜査資料として、配布されたでしょう」

「おいおい、あんたなんてこと言いだすんだ」

　下平が噎(む)せた。煙草の灰を膝の上にばらばらとこぼしている。

「うちの本社の警備室、来年ひとり空きが出ます。嘱託(しょくたく)採用ですが、七十歳まで間違いなく働けます」

　最大の手土産だ。

「なんなら、現場に案内しようか」

　下平は態度を一変させた。

「そんなこと出来るんですか？」

「地域課を甘く見るな。二十四時間現場を警備しているのは、捜査一課(ソーイチ)や組対(マルボウ)の刑事(デカ)じゃない。地域課の制服警官だぜ。もう鑑識は終わり、刑事たちもほとんど顔を出さない」

「なるほど」

　そのとき、下平の携帯が鳴った。すぐに出た。川崎はコーヒーを飲みながら、様子を窺っていた。

「わかった。すぐに戻る」

下平が立ち上がった。

通りの向こう側から、けたたましいサイレンの音が聞こえてきた。パトカーが何台も出動するようだ。

「銀座六丁目、七丁目のビルが数棟爆破されたそうだ。すまん、本部の連中が来る前に現場に急行せねばならん。何といっても所轄の地域課は、道先案内人だからな。市場への臨場の件は、明日にでも連絡する」

下平は飛び出して行った。

いよいよ、暴動が始まったのではないだろうか。妙な胸騒ぎがする。

「まだまだアクション小説の時代ですかね？」

小説家が呆然と立ち上がった。

「いや、現実のほうが先に進みだしてしまったから、小説じゃ追いつかないと思う。いっそ、先生、恋愛小説でも書いたらどうですか」

川崎は適当なことを言って、通りに飛び出した。

銀座通りまで走るつもりだ。

「姐さんの予感、当たりましたね。それも思った以上に早いスピードで進んでいますね。このままだと感染拡大よりも暴動拡大になりそうだ」

傍見が、タブレットを覗きながら言っている。

ネットニュースを読んでいるようだ。

銀座の六丁目と七丁目の飲食店ビルが爆破されて以来、都内各所で散発的に爆破事件が起こっていた。

官邸はいよいよロックダウンへの法案整備に動き出している。

「いずれも小爆発にとどまっているというのが、かえって不気味だわ」

風になびく髪を押さえながら路子は答えた。

3

クルーザーの後部デッキだ。関東泰明会会長、金田潤造の所有船だ。

路子は、傍見と川崎と一緒に乗っていた。

曇り空だが、ここなら換気を気にせずに会話が出来る。クルーザーは佃島のあたりを周航していた。

狙われたのは、ふたつともクラブビル。全館がナイトクラブやバーで占められている、通称ウォータービルだ。

六丁目のビルはエレベーターの個室に三号ダイナマイトが一本放り込まれ、七丁目のビルは、四階の通路に火薬箱を置かれ、リモコンで発火されたのだ。

どちらも内部で壁が崩れた程度で、六本木のＢＵＢＢＬＥのような大火災には発展していない。

銀座の飲食店ビル自体が、今は危機に瀕している。

四月七日の緊急事態宣言発出以来、すべての店が休業したままだが、すでに経営者が行方をくらまし、家賃が滞納になっている店が続出している。

東京のど真ん中に廃墟が生まれようとしているのだ。そのビル群が、いまマトにかけられようとしている。

「確かに、そうですな。我々の喧嘩の売り方に似ている。ちょっと火をつけて、すぐに逃げる。ヒットアンドアウェーってやつです。それで相手が打ってくる手の、さらに裏を掻く方法を考えるんです」

傍見は、関東泰明会の若頭にして、黒須機関の武闘隊長だ。

「ちょっと火をつけてって、そっちのやり方は、相手の組長宅にダンプを突っ込ませるとか、ど派手にやるだろうが。こいつはちょっと地味臭い感じだな」

　毎朝新聞の川崎が会話に割り込んできた。

　その意見も貴重だ。川崎は、黒須機関の情報提供者である。

「もう少し、相手の出方を見極める必要があるわね。六本木と同じ容疑者と断定しきれないのよ」

　今回は、暴徒化した群衆がいない。突然、ビル内で爆破が起こっただけで、打ち壊しのようなことは起こっていなかった。

「容疑者の絵は？」

　傍見が訊いてきた。

「六丁目のほうははっきりしている。一階で停車していたエレベーターにダイナマイトを一本放り込んで、最上階のボタンを押して逃げた男が写っていたわ。ただし顔は不明。七丁目のビルは、ビルの清掃員に化けていた。管理会社の内情に精通したものとみて、いま一課と公安の双方が追っているわ」

　他にも四谷や新宿の人気のなくなったビルが狙われている。

　いずれにせよ、こちらが追っている制作プロダクション・デザイアとの繋がりは不明だ。不明ということは繋がる可能性もある。

潜っている上原の仕掛けを待つしかない。

路子のスマホが鳴った。富沢だった。

「日本橋(にほんばし)の百貨店のショーウインドーにバズーカ砲が撃ち込まれた。六本木と同じものだ」

「ついに来ましたね。で暴動や略奪は？」

「いや、百貨店内には侵入していない。だが――」

富沢の声がやや上擦っていた。

「だが、とは？」

「都内三十か所のATMが一斉に襲われた。小型ブルドーザーで一気に破壊するやり方だ。目撃者の証言では、小型トラックにミニブルを積んでやってきて、ヘルメットとタオルで顔を隠した連中が、破壊したATMから現金を持ち去って行ったそうだ。十分間ぐらいのことのようだ。ATM一台の平均内蔵額は二千万円だ。十分で六億やられたことになる」

「三十か所の場所は」

「そんなものは誰かにラインで送らせる。それより官邸があわただしい。共立党と国友党とも協議に入ったようだ」

共立党は野党第一党、国友党は第二党だ。

「強制ロックアウト法案を成立させるための調整ですね」

「それしかないだろう。全国民の移動を強制的に制限しなければ、治安維持はもはや不可能だ。だが、反畑長官や垂石さんは、待ったをかけようとしている。特に垂石さんがな」

こんな時でも富沢は婉曲なものの言い方をする。路子は、自分の思いをはっきりと口にした。

「公安は官邸内のヤバい人間に目をつけているということですね」

それで裏部隊である自分を動かしたということか。

「僕はそんなことは言ってない。長官と公安局長が、首を傾げていると言ったまでだ。だが、この非常事態では、野党も大筋で飲み込むしかないのではなかろうか」

強制ロックアウト法案が施行されると、その時の為政者の判断で、国民の私権を堂々と制限することが出来ることになる。

感染症対策などでは有効であるが、他方、破壊防止や治安維持のためでも行使出来るということになると、時の政権が恣意的に、行使する可能性が生まれる。

まだまだ議論が足りていない法案で、拙速に進めるには時期尚早ということで与党内にも慎重な議員が多く、浮かんでは消えていた法案のひとつだ。

路子の胸中はざわついた。

もしも、この騒動が、誰かが仕組んだことであるならば？

とんでもないことだ。まさに火事場泥棒のようなものだ。

「デザイアには、昨日、ひとり接触させたばかりです。本格的な諜報はこれからになります。ですが部長、こっちも命がけなんです。官邸の様子や、垂石局長の手の内もある程度は引っ張り出していただかないと」

路子は訴えた。

「わかった。それは私が打診する。だが、法案は週明けにも議論に入るぞ。官邸はすぐにマスコミ対策に入るはずだ」

富沢の声が落ち着いた。

「急ぎます」

路子は電話を切り、川崎に向き直った。

「生煮えのままのロックダウン法案が、この機に一気に通ってしまいそうよ」

「確かに、いまなら野党も四の五の言わないでしょう」

「なんか嫌な気しない？　この法案、通ったら、使い方はどうにでもなるのよ」

「する。だが、いまは大義がありすぎる。感染防止と治安崩壊を防ぐためだとなったら、野党も反対しにくい」

「そこよ。だから、何としても暴動や略奪を食い止めないといけない」

どこかで、誰かが煽り立てているとしたら、絶対に許せない。

そのとき川崎のスマホが鳴った。

路子と傍見に目配せして、川崎は電話に出た。

「どうも勝田さん、先日はお世話になりました」

川崎の取材相手らしい。路子と傍見は無言で様子を見守った。

「わかりました。明日の昼頃、築地のほうへ伺います。そうですか……それはありがとうございます」

海に向かって頭を下げて電話を切った。

「これは築地市場のほうの周辺取材の件です。中央南署の捜査本部は、殺人とは断定せずに、本部を縮小するようですが、一応、昔話を聞いてきます。地域課の下平さんにも現場取材の段取りをつけてもらっていますから」

「下平さんか。懐かしいわ。私もあの署にいたころお世話になったわ。口は悪いけど、刑事を徹底的にサポートしてくれるミスター所轄ね」

ミスター所轄は、どこの署にもいるものだ。ミスター所轄というとドラマなどの影響で、捜査課の叩き上げ刑事を連想しがちだが、実際には、管轄区域のあらゆる犯罪にかかわる地域課にこそミスター所轄は多い。もっとも地元に詳しいからだ。

「姐さん、築地市場の死体遺棄事件なんて、この際どうでもいいじゃないですか？　それより早くATMを略奪した連中を叩き潰しましょうよ」

傍見が眼に力を込めた。

「そうなんだけれど、築地もちょっと気になるの」

路子は晴海に居並ぶ東京オリンピック選手村を眺めながら呟いた。来年、あの建物にいったいどれほどの選手がやってくるのだろう。マンション分譲の販売予定も停止されている。もしも東京オリンピックが中止になり、歴史遺産という価値が失われることになれば、価格自体の見直しを迫られるだろう。

テレワークの常態化が進むと、人心の都心回帰の機運にも変化があるだろう。郊外の一戸建てが、再認識されるのではないだろうか。

ビジネスモデルも変わる。

「築地が気になる？」

傍見が怪訝な顔をした。

「なんで本部のトップクラスである刑事部長が、いの一番に証拠品や現場を見に飛んだのかなと、ちょっと違和感があるのよね。しかも早々に捜査の縮小を命じるなんて、矛盾する感じね」

水谷のホンシャ復帰を阻止するために何か粗探しを画策し、それが不可能とみて撤退したにしては、あまりにも単純すぎる。

「官邸と築地の調査は、俺に任せておけよ。姐さんと若頭は、特攻をかける準備に専念していればいい」

川崎が胸を叩いた。

「それはそれで、淳ちゃんの仕掛け待ちね」

潮風が強くなってきた。路子はキャビンに戻ることにした。

4

「ここが私のデスクでーす」

土曜の午前九時三十分。

満面の笑みを浮かべた鈴田真知子が画面いっぱいに映っていた。通信販売のオペレーターのようなヘッドセットをつけている。OLらしいグレーのスカートスーツを纏っていた。

淳一の希望だ。ただの趣味だが。

「真知子ちゃん、それじゃ背景が全然見えないよ。オフィスかどうかわからない」

淳一はラブホの一室から指示を出した。シルクのパジャマ姿だ。とりあえずシルク。

「あっ、そうですね。はい、これが私のいるデザイアの管理部のオフィスです」

真知子が椅子を引き、背景を見せてくれた。誰も座っていないデスクが並び、その背後にスチール製のロッカーがあった。

「ロッカーには帳簿とか入っているのかよ」

淳一は訊いた。

「そんな大事なものは入れていないわよ。経理的な書類はすべて山本(やまもと)直美さんのパソコンの中。パスワードは社長と直美さんしか知らない」

「へぇ〜。もっとも俺は、そんな数字だらけの表を見ても何もわからないから、どうでもいいけど」

興味のあるものほど、ないふりをする。

これもホストの極意だ。

デザイアの入る、このビルのすぐ近くに傍見が、部下ふたりを供にしてワゴン車で待機しており、淳一と同じ画像を見ている。もちろん、真知子は知らない。

「真知子ちゃん、社内でオナニーとかしないの？」

いきなりエロトークに切り替える。

真知子の目が輝いた。彼女もそれを期待してわざわざオフィスに出向いているのだ。

「しませんよ！」

頬を膨らませているが、眼の縁は、ねちっと紅くなっている。

百人中九十五人が、この質問には最初はノーと答える。だが、セックス中に同じ質問を繰り返すと「ホントはしたことがあります」と、ほぼ全員が声をそろえて言う。ホストのマーケティングは案外、日本のＯＬの実態を浮き彫りにしていると思う。

「いや、絶対あるでしょう。正直に言ってくれないと、つまらないよ。面と向かって言えないことでも、ほら画面を通じてなら平気でしょう」

誘導する。

「……トイレの個室でならあります」

真知子が、小さな声で言った。

「やっぱりあるんじゃん」

淳一は大声を出した。

「いや、大きな声で言わないでよ」

真知子がイヤホンを押さえて照れ臭そうに笑う。

「机の角とかに股間を押し付けたりするでしょう」

「あっ、それ直美さんとか、さりげなくやっている」

真知子が、斜め後ろのデスクを指さした。山本直美のデスクらしい。

「あの人は、片足を上げて、ほんの少し体重を乗せただけでクリトリスが潰れちゃうだろうな」

ホスト時代に鍛えたエロトークが淀みなく出てくるのには自分でも驚いた。

「やだぁ、痛そうよ」

「そんなこと言って、真知子もやったことあるだろう。角マン」

「えっ、それはさすがにないわよ。だってオフィスにひとりでいるってことはないもの」

「無意識に擦っちゃうことってあるでしょう」

しつこく訊いた。案外、無意識角マンは多いのだ。女は気付かれないと思っているが、男は常に注意深く見ているものだ。

机や椅子の角に、なにげなく股を擦っている女は、意外なほど多い。

「いや、ほんと無意識だよ。会議室の長い机に消毒液を替えに行ったりしたときに、自分でも気が付かないうちに股を挟んでいる時があるわ」

「ほらやっぱり。クリちゃん、つんつんしちゃっているんだ」

「やっだぁ。でも確かに、自然にクリちゃん当ててるかも。穴や花芯は逆に痛いからあてない。ぶつけるのは、クリ……私、会社で何、言っているんだろう」

真知子は高揚してきたようだ。画面の中で身体が揺れている。

「真知子ちゃん、ひょっとして、いま寄せマンしていない？」

「えっ、寄せマンってなんですか？」

「太腿こすり合わせて、クリちゃんを左右から押しつぶしているでしょう」

女を遠隔操作するということは、つまるところ発情をさせてオナニーに持ち込むことだ。今回の場合、相手もそれを期待している。そのぶん、やりやすい。

「ちょっとだけ太腿くっつけています」

「ヘッドセットのマイク外して、股間の音を聞かせてよ」

「えっ」

「聞きたい」

「淳一君のは、見せてくれないんですか？」

真知子の瞳の奥が燃えていた。

「パジャマの上からならいいよ」

淳一はスネークカメラの尖端を、股間に向けた。パジャマの股間が大きくテントを張っていた。

「中身を見たい」

「それはまだ。股間の音を聞かせてくれたら、尖端を見せてあげてもいい」

エロチャットで女を焦らす、逆パターンだ。

「聞かせます」

真知子がヘッドセットを外して、机の中に持って行った。画像にはちょっと髪型が崩れた真知子が映ったままだ。

くちゅ。くちゅっ。卑猥(ひわい)な音が、淳一のイヤホンに響いてきた。肉襞を寄せ合う音だ。

画面の真知子の顔が、微妙に歪む。

衣擦(きぬず)れの音がした。画面の真知子の右肩が落ちている。

「手で触っちゃだめだ」

淳一はレンズに向かって自分の手の甲を叩いて見せた。ノーハンドオナニーの強要だ。

真知子が、首を激しく横に振った。手まんで一気に昇(い)きたくなったようだ。

淳一は、レンズを通じてゼスチャーでヘッドセットをつけるように命じる。真知子が、肩で息をしながら、セットし直した。

「ダメだよ。指で擦っちゃ、もったいないよ。ねぇ、机の角を使ってみて」

そろそろ動かすことにする。

「えっ、淳一君の先っぽは見せてくれないの」

「角マン中に見せてやるよ」

高飛車に出た。いまの真知子の脳内はエロで充満している。覚醒剤を打っている状態に近い。昇天するまで、正常な思考にはもどらないのだ。

「それなら、やる。私、ちゃんとやるのって初めてよ。ほんとよ、ちゃんとやるのは初めてなんだから」

真知子は、何度も言い訳しながら立ち上がった。グレーのスカートの裾が中途半端に捲れていた。

「スカートを捲って、パンストの上から当ててよ。肝心なところが当たっているのが見たい」

「淳一君、まじやらせることがエロい」

「ダメかな？」

「全然ダメじゃない」

真知子はいそいそとスカートを捲った。ナチュラルカラーのパンストから黒のパンツが透けて見えた。何ともアンバランスな色の取り合わせだった。こうして改めてカメラアイで見ると、真知子はなかなかの盛りマンだった。

「あんっ」

こんもり盛り上がった肉丘の縁を机の角に押し付けた。ぐっと体重を乗せている。顔が喜悦に歪んだ。

「淳一君の先っぽが見たいっ」

恐らく片足立ちになっているだろう真知子が、掠れた声で懇願してくる。

出してやりたいところだが、淳一はためらった。傍見が双方の画像を見ているのだ。若頭には勃起しているところは見せたくない。真っ裸にされて氷漬けにされたことはあるが、あの時は縮んでいた。縮んでいるのを見せるのはぜんぜん平気だ。

だが、勃起は……恥ずかしい。これでも今はヤクザだ。笑いものにはされたくない。

「まずは、こっちからな」

淳一はいきなりカメラに向かって尻を向け、パジャマの下を下げた。つるっつるの生尻を出した。棹は土手に反らせて押さえ、睾丸の裏を見せる。

「いやんっ、淳一君のお稲荷さん、舐めたくなっちゃう」

「だったら、角で擦って」

パジャマを引き上げながら言った。

「はいっ、うわんっ、こんなの初めて、凄く気持ちいい」

体勢を戻して画面を覗くと、真知子の身体が斜めになっていた。完全に両足をあげちゃっているようだ。角に挟んだ股間で全身を支えている。パンストの股布はもう破れていた。

「ぁあぁ、クリパンしそう！」

「ストップ。昇ったら電源切るからな」

淳一は命じた。自分も亀頭の尖端が濡れ始めていたが、心を鬼にして命じた。

「えっ、いや、消したらいやよ」

真知子が狼狽えた。

「もっと凄いことをさせたい」

「なに？　もっとすごいことってなんですか」

唇を震わせている。

「ロッカーの扉を開けて、その縁で擦って、扉マン」

「そんな……」

乱れた髪が額の汗に張り付いていた。顔のメイクも流れる汗に剝がれ始めている。

「やって。ロッカー扉にしがみつく真知子ちゃんのエロい姿を見たい」

ここが肝だった。

「変態みたいじゃないですか？」

「えっ、結構みんなやっているって」

適当なことを言った。さすがに聞いたことはない。あったとしてもＡＶの演出だろう。

「ほんとですか」

「やりたくないなら、いいんだけれど」

賭けに出る。ロッカーに向かうことを強く願う。亀頭が弾けそうなほど願った。

「やります！」

真知子が意を決したような表情で言った。

「じゃあ、ロッカーに移動して」

魂胆がばれないように、落ちついた声で言う。

真知子がロッカーの扉を開けた。ファイルが並んでいる様子が映った。アルファベットのラベルが貼ってある。

「それは何のファイル？」

何気なさそうに訊く。真知子はすでに片足を大きく上げて、開いた扉の縁に、股の平面を擦り付けていた。両手で扉を抱きかかえている。まるでスチール製の扉とセックスしているように見える。

「私も、知らないわ。こんな時に焦らさないで」

「焦らしたいんだ。擦りながら、ファイルをどれでもいいから引き出して、読んでくれないか」

「もう、やだぁ」

「俺、ちょっとノーマルじゃなくなっているのかも知れない。長年ホストをやっていたからね。普通じゃ興奮しないことが多くなった。真知子ちゃんに出会って、久々に勃起したのにな」

「読みます！」

真知子が、ファイルを一冊引きだした。A４だった。

「あっ、これエキストラの名簿みたいです。名前ばっかり」

「はぁ？」

「アーサーとかアンドレとか、そんなのばっかり。っていうか気持ちいい」

「エキストラって、外国人が多いのか？」

「多いわよ。百人ほどの乱闘シーンとか、メイクをしちゃうと日本人とかインドネシア人とか区別つかないでしょう」

「まあね」

「出演料も、彼らのほうが安く抑えられるのよ。特に最近は、新型ウイルスの影響で派遣切りにあった工場勤務の外国人労働者を社長がボランティア精神で、前払い金（バンス）を渡して、面倒をみているの。あぁ、もう私、一気に擦りたいっ」

このご時世に、なんでこの会社にはそんな余裕があるんだ？

先日来たときはおばさん社員が、うちも余裕がないと言っていたじゃないか。

とその時、スマホが震えた。真知子に悟られないように、レンズのフレームの外側で覗いた。

ラインが入っていた。

【そこから先は、俺たちが家探しする。女をそこから出せ。彼女が入るときにドアロックの番号は盗撮してある】

傍見からだった。

【わかりました。すぐにコントロールします】

【早くしろ。お前のケツの穴とキンタマを見ちまったんだっ、吐きそうだ】

ラインはそれで切れた。

「真知子ちゃん、俺、もう我慢出来ない。出してしまいそうだから早くこっちに来てくれ」

「えっ。もう、わけわかんない」

「早く。警備員が来たらどうする」

すでに階下で傍見たちが、音を立てているはずだ。

「いやっ。誰か来たみたい」

真知子が扉から離れスカートの裾を整え、パソコンに向かってきた。シャットダウンの操作をしているようだ。画面が消えた。

残された本日の任務は、セックスをするだけだ。淳一は欠伸をした。

5

「このエキストラ名簿、二千人以上はあるな」

傍見は、スマホのレンズを当てながら、嘆息した。

上原が女をラブホに呼び出した直後に、オフィス内に踏み込んだ。

エレベーターと通路の防犯カメラには強い光を当てて、じぶんたちが通る間ホワイトアウトさせた。

こうしたさほど大きくないオフィスビルの防犯カメラの映像というのは、そのほとんどがライブで監視されているわけではない。巨大ビルのように常駐警備員がいれば別であるが、この手のビルの警備は巡回式で、映像は記録されているだけである。

事件がない限り、画像を確認されることはないのだ。そして画像はたいてい三か月で上書きされる。要するに、侵入したことがバレなければ、画像チェックもそうそうされるものではない。

傍見は、ロッカー内にあったファイルを即功チェックしているところだ。とりあえず、スマホで、がんがん撮影する。

「組長(おや)っさん、全部撮影している暇はないでしょう。パソコンにデータがあるはずです。抜き取りましょうよ」

傍見組の若頭補佐、庵野照人(あんのてると)がそう言い、さっきまで鈴田真知子が座っていたデスクに進む。

「いや、ここにわざわざ紙のファイルを置いているということは、データはないってことだ。下手にパソコンに触れるな」

「それって、うちらと同じですね」

庵野が歩を止めた。

ヤクザは、大事なことは紙で残す。政治家同様いまだにＩＴに疎い親分衆が多いことと、パソコンデータのほうが漏洩しやすいことを熟知しているからだ。

「しかもこいつは水溶紙だ」

隠滅を図りたい場合は、水を貯めたシンクに放り込むだけでいい。

「それだけ、ヤバいリストってことですね。コピー機にかけましょうか？」

庵野が、今度はコピー機の方を指さす。

「いや、コピー機をつかった痕跡も残したくない。構わん、五十人ぐらい分の撮影でよしとする」

そのサンプルメンバーを探し出し、さらに手掛かりを得ることは出来るはずだ。

傍見は、窓際の管理職席と思しきデスクへと進む。

上原が最初に会った年配の女性のデスクだろう。

ビニール手袋を嵌めた手で抽斗を引いてみる。一番上が開かない。二番目はあっさり開いた。さまざまなビタミン剤や栄養補給の錠剤の瓶が詰め込まれている。他は化粧道具だ。一番下も引くと開いた。びっしりと出前用のチラシが差し込まれており、その隙間にコンドームの袋が三枚綴りで挟まれていた。

そういう備えにも余念がないということだ。

「おい、早瀬、おまえ、この一番上の抽斗を開けられるか？」

若衆のひとりを呼ぶ。早瀬健司。二十八歳。鍵師の資格を持っている。

「へいっ」

早瀬はポケットから万能鍵を出した。

「鍵なら開けられないやつはないですよ。電子ロックだけは、そうはいきませんがね」

「案外、こういうところにその電子ロックのナンバーが隠されているものさ」

早瀬は、屈みこむとすぐに一番上の抽斗の鍵穴に万能鍵を挿し込み、器用に手首を何度か動かした。十秒ほどで、カチャリとロックが外れる音がする。

「開きました」

早瀬が立ち上がる。

傍見が抽斗を開けた。まず目に飛び込んできたのが鍵束だ。二十個ほどの鍵がついている。早瀬が覗きこんできた。傍見が手渡す。

「ここにあるような鍵なら、俺はすべて開けられますよ」

「ならこいつはしまっておこう」

た。手帳を捲る。

傍見は鍵束をもとの場所に戻した。他には名刺を入れた箱と単行本ほどの手帳があった。手帳を捲る。

ダイアリー式である。

四月の頁を開く。十五日と十六日にチェックがついていた。

傍見はじっとその日を睨んだ。メモはない。ただチェックマークがあるだけだ。

十五日は最初に六本木で爆発のあった日。十六日は銀座だ。今月はほかにチェックはない。すぐに次の頁を捲った。

五月十八日にチェックがついていた。すぐさまスマホで撮影する。

ダイアリーの二月の頁に何か差し込みがある。

開くと写真が挟まっていた。はがきサイズの写真だ。

フィリピン人ホステスに囲まれた外国人男性が三人ソファに座って笑っている写真だった。中央が白人、両サイドは肌の色が浅黒い。やや小柄なのでこの男たちもフィリピン系だろうか。

裏に1986－2－16とある。撮影年月日だろう。

キャバレーかどこかで撮られた写真らしい。というのは、背後に大きなステージがありビッグバンドが演奏してる様子が写っているからだ。今どきの日本にはまずないラスベガス・スタイルのグランドキャバレーだ。

二月の頁には、十五日、十八日、二十五日に丸印がつけられていた。

何かの記念日か？

バレンタインデーは入っていない。

巻末を捲ってみる。何もヒントになる数字はなかった。

「なんかこの日にちの数字を組み合わせたら、ロック解除になるんじゃないですかね」

鍵師の早瀬が言った。

傍見は頷き、その頁も撮影し手帳を元の位置に戻した。

「よし、上の制作部にいこう」

庵野と早瀬を引き連れ、階段を使い一つ上の階へと進んだ。

通路の防犯カメラにはこれまでと同じように強烈な光量のライトを浴びせながら、扉に進んだ。早瀬がまず１９８６２１６と打ち込んだ。写真の裏にある撮影日だ。ロックは解除されなかった。早瀬がため息をついた。

「二度目でヒットしないと、警備会社へ通報が飛ぶ可能性があります」

不審者が押していると判断されるのだ。

「二十五はどうかな？」

傍見が、勘を働かせた。特に根拠はない。単純にヤクザにとって、二十五日は貸金の回収日であり、同時に上納金を届ける日だ。頭に張り付いて離れない数字なのである。

「やってみます」

早瀬が19862225と打った。ガチャリとロックが外れる音がした。

「やっぱカシラ、いい勘してますね」

制作部の中に踏み込んだ。

正面の壁にホワイトボードがくくり付けられている。

右半分が四月のスケジュール表になっている。だが、映画、ドラマの制作やイベントも自粛が続いているせいか、まったく書き込みがなく、文字通りホワイトボードだった。

先ほど管理部で見た手帳にチェックマークが付いていた日も、こちらには何も記されていない。

やはり、あれは個人的なスケジュールなのだろうか。

ボードの左半分には縦にネームプレートが並んでいる。十五名ほどの名前が並んでいる。いわゆる出先表という奴だ。

昨日、金曜の出先表だが半数が自宅となっている。五割勤務にしているようだ。七名の出先が書かれたままになっていた。

二名が晴海で、そのほか五名は、立川（たちかわ）、六本木、霞が関、赤坂、平塚（ひらつか）と様々だ。普通は取引先を書くものだと思うが、アバウトな表記だ。

「ロケハンじゃないですかね。ここにいるのはたいがいプロデューサーとかディレクターっていう人種でしょう」

庵野が訳知り顔で言う。

「まぁ、そういうことか。撮影じゃなくて、爆破のロケハンと見立てたらドンピシャだな。あの出先表を撮影しておいてくれ」

庵野に命じた。

制作部とは大きなガラス窓で仕切られた社長室があった。

すでに早瀬が鍵を開けていた。傍見は踏み込んだ。

木製の大きなデスクが置かれている。そのわきに小型冷蔵庫ほどのキャビネットがあった。もちろん鍵がかかっている。

「こいつを開けてくれ」

早瀬に命じる。わけなく解錠（かいじょう）された。書類が詰まっていた。傍見は、慎重に取り出した。ビル管理会社のリストだった。それと関東近郊の自動車工場と家電工場のリストがあった。人員削減の情報が書き込まれている。

「映画の制作プロダクションが、なんでこんなものを後生大事に隠しているんだ？」

傍見は素早く記憶した。出世するヤクザは刑事に負けないほどの記憶力があるものだ。博打、とくにブラックジャックは記憶力の戦いだからだ。

「組長っさん。これ、社長の青木俊夫の若い頃ですかね」

早瀬がキャビネットの中から写真立てを取り出した。外国の宮殿のような建物を背に、三十代と思える男が立っていた。

鍵付きのキャビネットにしまっておくほど貴重なものなのだろうか？

傍見は、その写真もスマホに収めた。

第四章　裏捜査

二〇二〇年四月

1

まじかに聖路加国際病院タワーが聳え立っていた。

土曜の午前十時。傍見たちが青山のデザイアに侵入している頃、川崎は明石町の小さな公園にいた。

目の前のベンチに、三人の八十五歳の爺さんたちが、そろって国から配られた布マスクをかけて座っていた。筋金入りの悪爺と対峙している気分だ。

「あの倉庫の床下収納庫は、米軍崩れのギャングと日本の愚連隊が拳銃の取引に使う隠しポケットの役目をしていたんだよ」

一番端の小柄な老人、小笠原明夫が唐突に言い出した。

「なんですって」

川崎は、思わず飲んでいたクアーズライトを口から噴き出した。鼻の下から顎にかけて、泡でぐちゃぐちゃになる。のっけから衝撃的過ぎる証言だ。

「その話、本当でしょうね」

川崎は、ハンカチで口の周りを拭きながら、訊き直した。

虚言癖のある老人は多い。慎重に見極めなければならない。

「私ゃね、接収解除直後、市場の仲卸で荷物運びのバイトをしていたんですよ。高校二年だったね。とにかくターレーに乗るのが楽しみでね。荷物がなくても市場の中をターレーで走り回っていた。ギャングたちを見かけたのもその頃のことだね」

小笠原が、ひょいとマスクを顎の下までずらし、オイルサーディンを爪楊枝で刺して口に運びながら言った。

川崎の差し入れだ。話がところどころ飛ぶのが厄介だ。

この時代の爺さんは「あたしゃね」を連発する。懐かしい江戸弁だ。今は、豊洲のタワーマンションで愛人と暮らしているそうだ。明石町でやっていた楽器店の土地を売却して得た金で購入したらしい。

川崎は、あちこちに話題が飛ぶ爺さんたちの会話を辛抱強く聞きながら、時折、肝心な話に戻す。

「ギャングというのは、どんな連中です？」

「私が見たのは接収前まで築地のキャンプにいた南米系の連中。リカルドとかそんな名前のやつがボスだったね。六本木でスペインレストランもやっていたが、基本は拳銃の横流し。築地の市場にはよく出入りしていた。場内は一般の人間は入ってこないんで、あの頃はよく闇ドルなんかの取引に使っていたみたいですよ。混沌とした場所だったから。リカルドとつるんでいたのは、運送屋として市場に出入りしていた横浜の愚連隊さね。運送屋というのが、これまた当時の愚連隊の隠れ蓑ですよ。魚や氷の荷に混ぜて拳銃やらドル紙幣なんかを運んじゃうんですから。市場は取引所でしたね」

「それが、いまの桜闘会だよ」

いきなり、そう言って酒屋の勝田が新しい缶を手渡して寄越す。

「桜闘会って、横浜の？」

「そう、そう、横浜から来た愚連隊だったよ。『スパニッシュの亨』とかいうのがめっぽう喧嘩が強くてね、銀座でも一目置かれていた」

「その拳銃の取引に冷凍倉庫が使われていたんですか？」

「そう。いまの人たちは知らないと思うけど、拳銃というのは湿気が禁物なんだ。よく映画では、喫茶店とかバーの主人が油紙に包んだ拳銃を店の床下に隠しているシーンがあったりするけど、拳銃を預かるというのは、そう簡単なもんじゃないね。よほど丹念に手入れをしないと、すぐに錆びてしまう。その点、冷凍庫はよかったんじゃないかね。特に短期間の受け渡しスポットとしては、一般人が立ち入れない市場の場内は最適だ」

「受け渡し場所になっていたということですか？」

川崎は、さらに念を押した。

「間違いないよ。私は一度、床下収納庫から拳銃を取り出したことがあるんだ。昭和二十七年にね」

小笠原は断言した。

「えっ？」

川崎はさすがに声をあげた。ビールの泡が飛んだ。六十八年前のことでなければスクープだ。

「こらっ、年寄りの前で飛沫（ひまつ）を飛ばすんじゃない」

もうひとりの爺さんが怒鳴った。八神総司（やがみそうじ）。元古書店の主。小笠原同様、土地を売却し、いまは日本橋浜町（はまちょう）のマンション住まいだ。

「すみませんっ」

川崎は慌ててマスクをつけた。マスクをつけて歩くのが新常態（ニューノーマル）となったが、喋っているだけならともかく、食べながら、飲みながらでは、本当に面倒くさい。

「明夫ちゃんは、あの時、拳銃を持ってきちゃったものの、怖くて戻せなかったんだよな」

勝田が、話を繋いだ。

なんだと？　この老人は拳銃を所持しているということか。嘘くさすぎる。

「その拳銃は？」

「持ってきたよ。七十年近くも隠し持っていて、俺、疲れちゃったよ。あんた始末してくれないか。私が死んだ後に、遺品としてこんなものが出てきても、息子たちも困るよな。手入れはしてあるよ」

小笠原が、ネイビーブルーのナイロンバッグから透明なビニール袋に入った拳銃を取り出し、ぬっと差し出してくる。

「うわっ」

思わず呻いた。ビニール越しにも黒光りしているのがわかる。

川崎はごくりと生唾を飲み込みながら、受け取った。約七十年前の拳銃取引を裏付ける正真正銘の証拠だ。老人の虚言と疑った自分が情けない。まだ記者として未熟だ。

手のひらにずしりと重みが伝わってくる。モデルガンではない本物の拳銃であることがひしと伝わってきた。

急いで自分のビジネスバッグの中に仕舞い込む。

「なんか、ババを抜いてもらったような気分だ」

小笠原が両手をあげて伸びをしながら言う。

「あんた、この瞬間から、拳銃の不法所持だ。お巡りさんに職質されないように気をつけて帰れよ」

八神の爺さんが、脅かすように言う。

確かにババを引いた気分だ。

「わかりました。私のほうで処分します。これで冷凍倉庫の床下収納庫の意味がわかった。そのギャングたちが作ったんですね」

「そうに違いないさ。いまの人たちは昭和三十年代をさながら日本の青春時代のように語るけれど、片一方では拳銃の撃ち合いや、ヤクザの出入りが頻繁にあった時代だよ。ある意味、暗黒時代だったとも言えるんだよ。さっ、そろそろ風が出てきた。年寄りはそろそろ帰ろうや。明夫ちゃんの長年の重荷もこれで解消出来たわけだし」

勝田がふたりに帰宅を促す。

全員が自転車を引いてきていた。健脚な爺いどもだ。

「勝田さん、あんたひょっとして、この拳銃を摑ませたくて、俺を呼んだのか」

川崎は風にスーツの裾をなびかせながら訊いた。

「新聞記者なら、どうにかしてくれると思ってさ」

「やっぱり食えねぇ爺さんだ」

「その代わり、もうひとつ情報をやるよ」

まるで北朝鮮の瀬戸際外交のように、情報を小出しにしてくる爺いだ。

「なんですか？」

「六丁目と七丁目で爆破テロがあっただろう」

先日の銀座爆破事件のことをさしているようだ。

「あぁ。小火だったんでたいしたことはなかったんですが、今後あちこち暴動が起こるかもしれません。みなさんもせいぜい気を付けてください。せっかく長生きしたんですから、死因は新型ウイルスでもテロによる爆死でもなく老衰にしてください」

嫌味のつもりで言ってやる。

「あの事件な、ひと月ぐらい前に、界隈の酒屋の間で妙な噂が流れていた」

「妙な噂？」

「鍵だよ。酒屋はクラブやバーの鍵を預かっておくのも商売のうちだと言ったろう」

「はい、聞きました。けれど最近はネット買いのママたちが多くて情けないとも」

「まだいくらかはいるんだよ。銀座、新橋、築地で、店の鍵を預かっている酒屋。うちはもうやっていないんだけどね」

「それで、何か……」

「そういった店に、裏取引を持ち掛けてきた連中がいるらしい」

「裏取引？」

川崎は訊いた。妙な胸騒ぎがする。

「鍵だよ。店の鍵をコピーさせてくれたら、一件につき百万だと。もちろん店だけじゃない。酒屋は、ビルそのものの鍵やエレベーターのロックを開く鍵だって預かっている。それも含めてコピーさせろっていう話だ。もちろん、まともな酒屋は取り合わない。五十年以上も、信用だけで、代々鍵を預かっている酒屋がほとんどだ。こんなことが成り立つ国は、おそらく世界中で日本だけさ。裏切ったりはしないさ。だけどな、これから先はわからない。店はどんどん潰れちまっているし、ビルの所有権も替わり始めている。酒屋も美味しい取引相手が急にいなくなった。六月までは持ちこたえても、七月はわからない。鍵一個売って百万なら、手を挙げる連中も増えるさ」

「その裏取引を持ち込んできた連中というのは？」

「糸を引いているのはどんなところかわからねぇ。酒屋にやってきたのは、バイトにあぶれた大学生だそうで、命じた相手はわからないそうだ。話をつけたら、謝礼が出るシステムらしい」

それは特殊詐欺の『出し子』と同じ扱いだ。

「話を持って来られた酒屋はわかりますかね？」

「自分で探せよ。他に面白い話があったら、また連絡してやる」

勝田は、ほかのふたりを目で促し、公園を出て行った。

川崎は、中央南署の下平にババを回すことにした。

せねばならないことが、どんどん増えていく感じだが、まずは拳銃の始末だ。

即功電話した。下平はすぐに出た。

「ちょうどいい。築地市場の入り口で待っていてくれ。現場に案内する」

一石二鳥の待ち合わせになった。

2

高い工事用の塀に囲まれた旧築地市場の正面入り口で待った。二年前に八十三年の歴史に幕を下ろした築地市場だが、もうじき真っ平らになる予定だ。

巨大な塀に囲まれた中で話し合いが出来るのは、ありがたい。あまり人に見せられない物を持っている。

晴海通りのほうから、灰色のスーツを着た下平がやって来た。巨体を揺すって、額の汗を何度も拭きながら、こちらに向かってくる。

布製の配給マスクがやたら小さく見えた。

あんな巨体でも、ひったくり犯などを発見すると、たとえ相手がバイクに乗っていたとしても、猛然とダッシュするのだ。そして犯人の目の前に飛び出し逃亡を阻止する。

「待たせたな」

下平が、顎をしゃくり、ガードマンに警察手帳を翳(かざ)した。川崎も他人から見れば、刑事だ。ガードマンが敬礼し、通用口の扉を開けた。

中に入った。

かつて仲卸たちが声を張り上げていた場内市場は、ほとんど取り壊されていた。曇天のせいか、コンクリートの広大な敷地が真っ白に見える。

「あの規制線で囲まれている一帯が現場だ」

下平が隅の方を指した。

川崎は拍子抜けした。

すでに倉庫の形跡はないのだ。

遺跡のように基礎の一部だけが残っており、その上に二平方メートルほどのブルーシートがかけられているだけの現場だった。

「整地しようとブルが掘ったら、ドラムケースを掘り当てたんだとよ」

言いながら下平が、四方を規制線で囲まれた倉庫跡へとどんどん進んでいく。

規制線の前に立っていた若い制服警官が、下平を認め敬礼した。下平の直属の部下のようだ。

「中村（なかむら）、ご苦労さん。規制解除だ。帰署してよし」

下平が告げる。

解除？　川崎は声をあげそうになったが、どうにか喉の奥へ押し返した。

「はいっ」

若い警官が、わずかに笑みを浮かべたが、すぐに表情を引き締め、駆け足で通用口に向かって行った。

その姿が塀の向こう側に消えたところで、川崎は改めて訊いた。

「現場保存はもはや放棄ですか？」

「整地を急げと国交省から指示が出たそうだ。警視庁（ホンシャ）としても、こんな雨風にさらされた現場をいつまでも保存していても意味がないということになった」

下平が淡々と言い、ブルーシートの端を捲（めく）った。

四角い穴が見える。周囲が取り払われた後の床下収納庫は、古代遺跡の墓場のように見えた。中には腐葉土の混じった土がたくさん残っていた。

「それは、わからなくもないですね……」

川崎は収納庫の中を覗きながら、ため息をついた。

ブルーシートを被せてはあるものの、現場はそれ以前に、さんざん風雨にさらされていたことになる。せめて倉庫の上物（うわもの）が解体される以前に発見されたのならば、事情はだいぶ違ってくるのだが致し方ない。

「発見された段階では、もともとあった鉄板の床板も処分されてしまっていたからな。そこからの足跡のような痕跡も探りようがない」

「これ腐葉土ですよね」

枝がたくさん混じっているように見える。

植物を育てるために使われる園芸用の土だ。落ち葉などから手作りすることも出来る。

遺体の腐乱臭を消すために使われたのではないだろうか。

「引き揚げられたドラムケースにも腐葉土が詰められていたそうだ。その辺の物は鑑識が持ちかえったから、まぁ、いずれ何かわかるかもしれない」

「埋めた人間は園芸とかやっていたんですかね」

「それは刑事や鑑識が考えることだ。俺に訊かれてもな」

下平は素っ気なかった。

「素人考えでは、普通の土を使わないのかって思うんですけどね」

川崎が訊くと、下平は鼻で笑った。

「土っていうのは足が付きやすいもんだ。その土地の特性を意外と表している。ドラマなんかでもよくやっているだろう。この土は何々地方に多く見られる土だとか、ホシの家の近くの土壌とよく似ているとか」

「はい。そんなドラマや小説も読んだことがあります」

「ところが腐葉土というのはいわば混ぜ物だ。特に園芸店で購入した土なら、さまざまな土地の葉っぱや枝が混ざっている可能性もある」

「園芸店で購入したものなら、メーカーや販売店から足が付きませんかね？」

川崎は食い下がった。

「防犯カメラが発達した二十一世紀ならね。だが三十年以上も前の店にはそんなものはないよ。販売記録の掘り起こしようもない」

「やはり三十年前の遺体だったんですか？」

「骨鑑定の結果が出た。三十年から三十五年ぐらい前だ。三十分前に出た」

「それで、現場封鎖の解除を決めたと」

「まぁ、そんなところだ。死体遺棄罪の公訴時効は三年だ。殺人でも三十年以上前の事案なら残念ながら時効が完成してしまっている」

二〇〇五年（平成十七年）以前の殺人罪の時効は十五年だ。現時点から逆算して三十年以上も前の事件であれば、すでに時効が成立してしまっている。殺人罪に時効がなくなったのは、二〇一〇年四月二十七日の公訴時効制度改正及び施行以降の事件からだ。つまり築地で発見された遺体に関しては、捜査する必要がなくなってしまったということだ。

そうなればますます事件の真相を知りたくなるのが、新聞記者根性というものだ。

下平が頭を掻いて、通用口のほうに顎をしゃくった。そろそろ引き揚げたいというポーズだ。

「下平さん、ひとつ受け取ってもらいたいものが」

川崎は黒革のビジネスバッグからビニール袋を取り出した。見るなり下平は目を剝いた。

「おいっ、あんたなんていうものを持っているんだ」

「自分の指紋はついていません。七十年近く前に、この収納庫から万引きした爺さんから預かりました。これこそ時効でしょう」

川崎は差し出した。

「指紋はついていなくても、目の前であんたが持っているのを見たんだ。これ現行犯だろう」

下平がぎろりと目を剝いた。

「来年以降の就職先を棒に振ることもないだろう。ここで拾ったことにしたらどうだ。七十年前に、あったというんだから」

「面倒くさいことを言わんでくれ。山のような報告書を書かんとならんし、クローズしようとしている事案に、新材料を加えてしまうことになる。あんたの逮捕は見送る。こういう物の処分は、警察よりヤクザのほうが上手にやるもんだ。特にその手の銃はな」

下平は逃げを打ってきた。

「ちっ。この拳銃はなんて機種だ。コルトとかそういうやつか」

川崎はビジネスバッグにビニール袋ごと戻しながら訊いた。警視庁記者クラブにいるからといって、実物の拳銃などそうそう見たことがない。警察官が所持している制式拳銃であるM360Jを遠目で見る程度だ。レンコンのような弾倉の付いたやつだ。

こいつはそのタイプとは違う。レンコンがない。

米兵崩れが横流しした拳銃となればコルトとかではないのか。袋から出して見たわけではないのでよくわからない。

「素人目には似ているだろうが、そいつはコルトじゃなくてトカレフだ」

「こいつがトカレフですか」

実物を見るのはもちろん、手にするのは初めてだ。一般的な日本人は、拳銃など見たこともないのが普通だ。

だが、新聞記者として、拳銃に関する知識はある。

トカレフはヤクザが好んで使う拳銃だ。

一九九一年の旧ソビエト崩壊後、急速に西側のマフィアや日本のヤクザに流れ込んできた拳銃だ。職を失ったKGB（国家保安委員会）や軍人崩れがロシアマフィアとなり、かつてのライバル国の犯罪組織に横流しを始めたのだ。

いわゆる昨日の敵は今日の友現象だ。

だが……。

「七十年前にトカレフを拾ったっていうのは妙では」

川崎は疑問に思った。

「俺もそう思うよ。妙だ」

下平が白い空を仰ぎ見ながら続けた。

「妙だと思うが、俺は知らん。歴史の発掘は、新聞社の仕事だ。俺たちは、事件に関係ないことに興味はない」

下平は、それだけ言うと、さっさと通用口に向かって歩きだした。

老獪（ろうかい）な地域課の警官はババを引いてはくれなかった。

3

路子は、向島に向かうクルーザーの後部デッキに立っていた。関東泰明会の会長、金田潤造の専用艇（てい）『王将（キング・オブ・ボス）』である。

本家の若衆が操船してくれていた。

傍見文昭から電話があったのは一時間前のことだ。

『四月十五日の六本木と十八日の銀座の爆破。これはやはりデザイアの仕業ではないでしょうか。爆破を裏付けるようなダイアリー式の手帳を発見しました。両日に印がついています。そのダイアリーを捲ってみると不思議なことに、二月にもまったく同じ日に印がついているんです。二月にはさらに二十五日にも印はありました。これ何かの記念日なんじゃないですかね？　それとこの先では五月十八日と七月七日です。この日にまた爆破をやる気なんじゃないでしょうか。早急に、軍議を』

同時にいくつもの画像を送ってきた。

待機エキストラの名簿のほとんどが外国人。それもアジア出身の日系人と思われる名前ばかりだ。社長の青木俊夫の部屋から出てきた書類には、車と家電の工場のリスト。映画のエキストラなんかじゃない。これは、恐らく非正規の外国人労働者たちの名簿だ。

日本人の非正規雇用者を減らすために、調整弁として多くの外国人労働者たちが雇われていた。

原則的に、日本では外国人の単純労働への就業は認められていない。だが、留学生や技術研修制度の名のもとに抜け道はいくらでもある。

少子化によって二十代労働人口の激減に瀕している日本では、いよいよ移民受け入れの議論が余儀なくされていたほどだ。

それが、新型ウイルス流行で一変する。

最も転換点となった日は、三月二十四日。

東京オリンピックの延期が決まった日からだ。

この日を境に、日本中が、感染拡大防止か、社会経済の破綻阻止かで迷走することになる。政権も企業も学校も居酒屋も庶民も揺れ続けた。

結果、政権は正論を取らざるを得なくなった。議論している余裕がなくなったのである。

正論とは、命の優先である。

四月七日、東京、神奈川、千葉、埼玉、大阪、兵庫、福岡の七都府県に緊急事態宣言が発出（はっしゅつ）されると、突如、日本経済にブレーキがかかる。

ここから一気に雇い止めが始まり、四月下旬には倒産件数が急増した。

当然、街には失業者があふれ出した。帰国したくても、いまだ航空機は行き来しておらず、海外からの留学生は職もないまま、さまよっている。

デザイアはこういう者たちを囲い込んでいるのではないか。

路子の脳裏に四月十五日に六本木のＢＵＢＢＬＥが襲われた光景が浮かぶ。

あのときの男たちはいずれもヘルメットに覆面。顔ははっきりわからなかったが、東南アジア系の男たちだった可能性もある。

不満がたまった非正規労働者、特に外国人労働者たちに暴動と略奪を仕向けたならば、それはさらなる巨大な暴動を呼び起こす引き金となる。

青木俊夫。六十九歳。デザイアを興し三十四年になる。元ギタリスト。

一体何を企んでいる。

デザイアの創業は一九八六年四月。

路子は出来るだけ冷静になろうと、バブルガムを噛んだ。オレンジ味だ。深呼吸し、大きく膨らませる。ぱちんと弾ける前に、萎めた。愛煙家の一服のようなものだ。

少し気持ちが落ちついた。

カレンダーの画像から想像出来ることは、次の爆破計画が七月七日ということだ。

そのほかの数字や画像も気になる。

送信された画像をもう一度開けた。

【１９８６】これは創業の年であろう。

写真が二枚ある。一枚はキャバレーで飲んでいる外国人たちの写真だ。写真裏の日付から一九八六年の二月十六日に撮影されたものと思われる。

彼らは何者だろう？

そして、もう一枚は、若き日の青木俊夫と見て間違いあるまい。背景に写る建物から、どこか海外に行った際の記念写真に思える。

どこだ？

突然、スマホが鳴った。液晶に『築地水谷』の文字。

「はい、銀座ジローですが、ただいま向島に出前中です」

「捜査本部は解散になった」

水谷がぶっきらぼうにそう言った。

「解決ですか？」

惚けて聞いた。

「いや、科捜研から正式に白骨遺体の経過年数が出た。約三十五年前だ。遺棄事案としては時効だ」

一九八〇年代の半ばに遺棄されたということだ。

「たとえ殺人事件だったとしても、その時代であれば捜査をする意味はないということですね」

「骨に損傷はなかった。皮膚や内臓は残っていないから、死亡の原因を特定することは不可能だ。立件しない。加橋部長の判断だ」

窒息や刺殺とは言い切れないのだろう。

病死体を埋めたとも十分考えられる。だが――。

「ずいぶん、淡白な判断ですね」

沈む夕日を眺めながら、路子は皮肉を言った。

「その意見はわかる。科捜研が復顔像を起こしたんだが、白骨は外国人女性のものだった。小柄で彫りの深い欧米系の顔立ちの女性。三十五年前で外国人だ。故人を特定出来たところで、捜査は難しい。それに現場は明日にも工事が始まり、月末には駐車場として完成させるそうだ」

水谷は、ため息混じりに言う。

「手柄を立てられずに残念ですね」

「手柄どころか、加橋部長には嫌われたよ」

水谷の声がいきなり不機嫌になった。

「どうしてまた。タイガースファンで七〇年代ロックファン、という私の情報は役に立ちませんでしたか？」

「バースが大活躍した年を訊いていやな顔をされ、自分は小学生の頃カルチャークラブの『カーマは気まぐれ』でよく踊っていましたと言ったら、それから口をきいてくれなくなった」

「カルチャークラブは七〇年代ロックには入りません。八〇年代バブルの象徴的な曲ですよ」

路子は教えてやった。実家のジローにやってくる客には、やたらとこうしたことに詳しい人たちがいる。

「とどのつまりは、現場封鎖を解く前、遺留品探しをもう一度だけやるべきではないかと進言したら、部長にブチ切れられた」

「国交省や東京オリンピック組織委員会から強い圧力がかかったのでしょうね。そうでなくともオリンピック開催が見通せない中で、工事の遅れとかミソをつけたくないんでしょう。つまり事件化してほしくない。官邸が使う手よ」

そうとしか思えなかった。

「それでは加橋部長、政界に転出する気なんじゃないかね。警察官僚は、本来政治家と距離を置く習性があるものだ。それなのにあの人は、官邸や民自党べったりだ。二年後の参議院選に出る気なんじゃないかね」

少なくともその参議院選はない。

路子はそう思ったが、口には出さなかった。

警察官僚の政界進出は、民自党との間でかなり早い段階から候補者調整がなされている。誰でも手を挙げてなれるものではないのだ。特に、あらかじめ日程目標が立てられる参議院選では、ほぼ六年前から候補者は絞り込まれている。順送り方式に則(のっと)れば、次の候補者は現長官の反畑だ。長官を退官した者にとって最も誉(ほまれ)あるポストが参議院議員であろう。

ただし、突然の解散総選挙で衆議院議員に立候補するとなれば話は別だ。

「話を戻しますが、遺体の復顔像。私にも送信してもらえないでしょうか」

「わかった。すぐに送る。それにしても加橋部長は、気にいらん。そもそも捜査本部長というのは、現場から上がってくる情報をもとに捜査指揮する、いわば参謀長なのに、みずから現場に出向いたりするから、現場の刑事も萎縮してしまった。キャリアにはキャリアの振る舞い方があるはずだ」

水谷の憤慨は続いている。もっともである。

警察機構は、厳格な縦社会である。しかも捜査権という大権を持つ。統括するキャリアには常に冷静な判断力と指導力が要求される。

勝手にふるまっていいのは、むしろ現場の刑事だ。

「署長の戻るポストに変更はないと思います」

宥めて電話を切った。

すぐにメールで写真が送られてきた。

復顔像だ。

確かに彫りが深い。整った顔立ちだ。少し茶色が混じっているが基本的には黒髪のようだ。これもDNA分析から割り出した髪の色だろう。肌は黄色系。

典型的なフィリピーナではないだろうか。

しかも相当な美人だ。

メモに死亡時推定年齢三十歳とある。

生存していたら今年で還暦。イケているおばあちゃんになっていたような顔立ちだ。

八〇年代に東京にいたフィリピーナ。

何があったのだろうか？

眉間を摘みながら、当時を想像した。自分が生まれる数年前。バブル華やかなりし時代。

再びスマホが鳴った。今度は液晶に『竹橋印刷』の文字。

毎朝新聞の川崎の符牒だった。

「はい、こちら銀座カンカン娘です」

「拳銃を処分したい」

いきなり川崎がそう言った。ハードボイルド風の声だ。

「愛人を処分したいの間違いじゃない？」

「いや本物のトカレフだ」

「で、何人やったの？　あんたの逸物はトカレフじゃなくてバズーカでしょう」

「見たこともないのに、言うなっ。そんな冗談を言っている場合じゃないんだ。築地で本当にトカレフを一丁、引き受けてしまった。どうにかしてくれないか。市場の現場の状況は見てきた」

「いったい、どういうことかしら？　白骨体は三十五年前のフィリピン女性よ」

「俺が見てきた情報も話す。照らし合わせをしよう」

「わかった。向島に来て。その前に拳銃の写真と要点を送信して」

「すぐ送る」

刑事と記者は、もとからテレワークをしているようなものだ。デスクでは、報告書を書くだけだ。

電話を切った。

何かが見えては、またすぐに消えた。

頭の中にいくつものループが出来るが、重なるようで重ならない。

いらいらする思いだ。

まだ正午過ぎだというのに、空が急に黒い雲に覆われてきたと思った瞬間、ざっと雨が降ってきた。それも大粒の雨だ。

路子はすぐさまキャビンに飛び込んだ。

二灯のヘッドライトが灯される。

土砂降りの中、王将号は隅田川に入った。

吾妻橋を潜ると、左手に浅草の街並みが見えてくる。裏通りは相当治安が悪化しだしているとネットニュースに書いてある。

こんな日に暴動を起こされたら、街はひとたまりもない。

なんとか阻止せねばなるまい。路子は唇を噛んだ。

4

窓から雨に煙る松の木が見えた。その上空で時折雷が光っている。

これもまた風情だ。

「バブル以前は、コルトかS&W（スミスアンドウェッソン）が主流よ。まぁ、ちょっと粋がったやつはワルサーP38なんてものを持っていたが、そういうのを請け負うのは一匹狼に多かった。極道の出入りといえば、コルトでドンパチだ。あとは脅し用にフェニックスのMP－25とかヒメネスのJ－25なんていうジャンクガンを持ち歩いていた」

向島の料亭『正志（まさし）』の奥座敷。

床の間を背にした関東泰明会現会長の金田潤造が、珈琲を口に運びながら三十年前を思い出すように言った。

ブルーマウンテンだ。

何を隠そうこの料亭正志は、関東泰明会の組本部である。暴排条例施行以降、飲食店の看板をあげているが、完全予約制で、一般の人間が予約を取ることは出来ない。

早い話が金田の私邸だ。

路子の前に据えられた膳には、ヒノキの升に入った冷酒と佃煮が三種置かれている。

「ジャンクガン？」

路子は冷酒を一口舐めながら訊いた。

「アメリカの土産物屋で百ドル前後で変える安物銃ですよ」

後ろに控えている傍見が教えてくれた。

「あぁ、サタデーナイトスペシャルっていうやつね」

サタデーナイトスペシャルは、安物銃の総称だ。

簡易銃だけあって暴発もしやすい。六〇年代のアメリカで、土曜の夜にやたらと暴発事件が起こったことから、医師たちがそう名付けたのだ。

「そうです。うちも何丁か持っていますが、正直、若い衆も使いたがりません。庭で、空き缶相手に射的遊びをしている時ですら、よく暴発しますからね」

「トカレフが出てきたのは、やっぱりだいぶ後からですか」

海苔の佃煮を一口いただく。

「ギンダラはやっぱ暴対法以降だな。ロシアや中国本土のマフィアが持ち込んできてから、一気にブレイクした。それまでは香港系蛇頭も、やっぱりコルトやイギリス製のウエブリーだったと思う」

ギンダラは銀メッキを施したトカレフのことだ。ヤクザの拳銃にも時代によってトレンドがある。

金田はシュークリームをフォークで突いた。路子が手土産に持ってきた銀座ウエストのシュークリームである。

「会長、ありがとうございました。あとは若頭といろいろ相談させていただきます」

「わかった、わかった。わしも、こんな嵐の日は昼寝しながら映画を観たい」

「東映か日活の昔のアクション映画ですね？」

立ち上がりながら、路子はからかうように言った。

「それとも『刑事コロンボ』と『名探偵ポアロ』の全作品、一気の鑑賞ですか。若頭から、そんな情報を得ていますが」

自分の若き日を彷彿させるようなアクション映画と、いまなお犯罪捜査の裏を掻く研究に余念がないらしい。金田は根っからの極道だ。

「いいや、今日はな、芸能人の裏映像が手に入ったんだ。可愛い顔をしたアイドルが、くそ爺いにマン繰り返しにされているという作品らしい。あのグループのセンターだぜ、早く見たいわな」

口の端にクリームをつけたまま言う。最低だ。

「そうですか。それは楽しみですね」

路子は会釈をして部屋を出た。

傍見と共に玄関の籬（まがき）のすぐ脇にあるリビングルームに入った。

二十畳程の広間に赤い絨毯（じゅうたん）を敷いて、カッシーナの重厚な応接セットが置いてあった。

待機していた毎朝新聞の川崎が長いソファに座って飲んでいる。ローテーブルに、ワイルドターキーのボトルとアイスペイル。それにロックグラスが二個置いてあった。

まずはこっちの話から片づけよう。

「やはり、七十年前のトカレフとなると、ＫＧＢの可能性大ね」

路子は傍見と共にソファに腰を下ろしながら言った。

「そういうことだろうな」

川崎が頷いた。

「ＫＧＢ？」

傍見が、怪訝（けげん）な顔をしてアイスペイルからトングで氷を拾い、ふたつ並べたロックグラスに放り込みながら訊いてきた。

「つまりこういうことだ」

川崎が解説をしだした。

「一九五二年（昭和二十七年）当時と言えば、冷戦の真っただ中だ。ソビエト製のトカレフを所持出来たのは、ソビエトや旧東側ブロックの国々の人たちに限られていたと推測出来る」

路子が繋いだ。

「築地の拳銃は、米兵崩れを装ったソビエト人もしくは東側の人間が、日本のヤクザに横流ししていたということよ。築地のやんちゃな高校生は、それをかっぱらっちゃったということね」

川崎が聞きこんできたリカルドという男は、南米系ではなくソビエト人。それもＫＧＢの工作員だった可能性が高くなった。

「そいつはスパイってことで」

黄金色のバーボンを満たしたグラスを路子に差し出しながら、傍見が首を傾げた。ここにいる三人は全員、ソビエトをほとんど知らない世代だ。物心がついた頃には、すでにロシアになっていた。

「工作員と断定してもいいだろうね。九〇年代に入るまではソビエト人をはじめ社会主義国の一般人が自由に資本主義国に出られたわけがない。日本に入ってきたソビエト人、東ドイツ人などは、ほとんどが外交官や貿易関係者、特派員を装った工作員だったという」

川崎が新聞記者らしく解説してくれた。知識は豊富だ。

「だけど姐さん、そんな大昔のことが、最近の暴動やデザイアと関連があると？」

傍見がバーボンを飲んだ。喉を鳴らしながら飲む。この男にとっては、バーボンも麦茶もさして変わらぬ飲料水だ。

「まだ私も整理がついていない。けれど横浜の桜闘会がその当時も今も絡んでいるのが、ひっかかるわ」

路子もバーボンを一口飲んだ。ワイルドターキーはやはり旨い。

「俺にもその画像とやらを見せてくれないか」

川崎が言った。傍見が頷き、タブレットを取り出した。ローテーブルの上に置く。

「見やすいようにこっちに移してあります。これがエキストラの名簿。すべてではありませんが、AからZまでファイルから適当に拾ってきました」

タブレットに画像が浮かぶ。

びっしり名前と住所、メアド、電話番号が並んでいた。路子は、まずは、ざっとページを飛ばしながら眺めた。

マイケル三村、フェルナンデス酒口、ロベルト鶴田、マリア田中、アンジェラ・ロペスなど、様々だ。

路子はすでにざっと読みこんでいた。

川崎がタップしながら、

「アルファベット順に並んでいるが、住所が近い人たちも多いな」

名簿には、千葉の八千代市、神奈川の平塚市、都内は錦糸町などの住所が多い。

「あっしもそこに気が付いたので調べてみました。八千代市っていうのは工場や倉庫が多いんですね。外国人労働者も多く住んでいる。特に日本人女性と結婚して国籍取得した人たちが多い。平塚は自動車メーカーのでかい工場がある。ここにも多くの期間工が雇われています。錦糸町は御覧の通り、女性の住所が中心でしょう。ここらは接客業の女たちでしょう。あっしのみたところ、デザイアはフィリピン人ホステスの招聘元にもなっていたんじゃないですかね。接待業ではそうそう簡単にビザはおりません。日本語学校に入っている留学生のバイトにするか、後はダンサーや歌手ということで興行ビザを取得するんです。映画やドラマの制作プロの他にイベント運営の定款を持つデザイアなら招聘元になりやすい。ひょっとしたら桜闘会系の斡旋屋と組んでいるんじゃないでしょうか」

傍見がすらすらと答えた。

ついでにローテーブルの脇に置いたインターホンに向かって「おいっ、なんかツマミになるものもってこい」と板場に連絡した。ありがたい。

「それにしても工場勤務の男と水商売の女。どちらも今は失業者の可能性が強いな」

川崎が言った。バーボンをやったせいで、顔がすでに赤くなっている。

「それよ」

路子は膝を叩いた。

もちろん捜査に予断は禁物だが、すでに仮説が成立していた。

川崎に視線を送ると、この男もまた赤ら顔の頬を撫でながら頷いた。記者の勘と一致したようだ。

「それだな」

と頷く。

路子は、今度は傍見のほうを向いた。傍見は自分のグラスに新たにバーボンを注ぎながら言った。

「この手の連中は、食い詰め始めているでしょうが、だからと言って、簡単に出国も出来ない。自棄(やけ)を起こしてもおかしくないというわけですな」

「青木がこの人たちを掻き集めて、金を渡して暴動を指示したら？」

路子はふたりの顔を交互に見ながら言った。

「喜んでやるでしょうね。すでに刑務所に入ったほうが楽だと思っているかもしれない。

国に帰る方法すらいまはないんだ。強制送還されたほうがマシだと思ってる連中もいるでしょうな」

川崎が答える。

「戦争の仕方は桜闘会が教え、先導する」

傍見も同意した。

「私の見立ても同じよ」

襖が開いて若衆が、盆に載せた料理を運んできた。ガーリックステーキが三皿とコンビネーションサラダだ。

豪華なツマミだ。

「最近、会長が一気に洋風好みになりましてね。半年前までは、刺身や煮物を好んでいたのに、このところはずっとステーキやパスタです。板場の連中も今じゃ大きなコック帽を被らされて腐っていますよ。いずれ、この騒ぎが収束したら、シチリアに旅行したいと言っています」

たぶん『ゴッドファーザー』の見過ぎだ。

タブレットの画像を眺めていた川崎が、若い頃の青木らしい画像を見て首を捻った。

「この最後の写真、マラカニアン宮殿じゃないか？　中庭から撮ったものだと思う」

「マラカニアン宮殿?」

路子が訊き返す。

「フィリピンの大統領府ですよ。俺、二年前にフィリピンの反政府ゲリラ対策の取材で行ったことがあるんです」

「私も半年前に特殊詐欺のアジトを潰すために行ったことがあるけれど、宮殿は見なかったわ」

「普通は、遠目にしか見られないですからね。これどのぐらい前でしょうね。青木だとしたら三十代に見えますが」

「青木俊夫の現在の年齢は六十九歳。もう一枚の写真にあるメモが一九八六年二月十六日とあるから、その近辺じゃないかしら」

路子が答えた。目の前にガーリックステーキが置かれた。バーボンと相性がよさそうだ。

「一九八六年、フィリピンか」

川崎が自分のスマホにそう打ち込んでいる。検索結果が出たようで目を丸くしている。

「エドゥサ革命。あのマルコス大統領がハワイに亡命した年じゃないか」

「イメルダ夫人の靴が山のように残っていたという、あれね」

革命の本質は知らない。だがそのイメルダの靴の話は、母や年配の客から何度か聞いたことがある。コラソン・アキノが新大統領に就任した時の話だ。

「しかも、革命が成立したのは二月二十五日とある。一九八六年の二月二十五日だ。ここにある写真の裏側に書いてある日付と近いじゃないか」

川崎がスマホを覗きながら言っている。興奮しているのか早口になっていた。

路子はガーリックステーキが冷めぬうちにと思い、一切れ口に放り込んだ。旨い。

「川崎さん、制作部の扉のロックナンバーって１９８６２２５でしたよ」

傍見が、ステーキを切りながら言う。

「パズルがいろいろ揃ったみたいね。青木俊夫の過去を徹底的に洗ってみる必要があるわね。それと桜闘会。これはひょっとしたら極道じゃなくてスリーパーセルかも」

警視庁の公安（ハム）と組対（マルボウ）がコラボしていることからも、そう推定することが出来た。そう見立てるといくつかの辻褄（つじつま）が合ってくる。

「スリーパーセル？」

傍見が訊いてきた。

「一般市民の中に潜伏している他国の工作員のことよ。北朝鮮と特定して言う学者もいるけれど、ロシアや中東のテロリストにもスリーパーセルはいると思うの。公安は一般市民の中から過激派や海外情報部の工作員を探し出そうとするけれど、極道を偽装していたら、組織犯罪対策部が壁になって、思うにまかせない部分もあると思う」

「極道を騙(かた)るとは、ふざけた野郎どもですね」

傍見が肉を嚙みながら訊いてくる。

「それともうひとつ、これもどうみてもフィリピーナでしょう。しかも推定では三十五年ぐらいの経過。一九八六年前後ということよね」

路子は中央南署から送られてきた白骨遺体の復顔像を、ふたりに見せた。

「こいつは、ひとつの穴でソビエトとフィリピンが繫がった」

川崎が眼を丸くした。

「敵の尻尾(しっぽ)は見えてきたわ。あと一息よ。とにかく七月七日にどこで何をする気なのか、炙(あぶ)りだすのよ」

「姐さん、炙り出した後は？」

傍見がコンビネーションサラダのアスパラを口に運んだ。ヤクザとサラダは似合わない。

「もちろん闇処理よ」

「そう来なくちゃ」

「スクープを取るわけにもいかなそうだ。そりゃ、闇処理だよなぁ」

傍見と川崎が、ぐっとバーボンを飲み干した。

それから三時間、みっちり戦略を練った。

第五章　揺さぶり

二〇二〇年五月

1

「アンジー、ボビー、これ少ないけれど足しにしてちょうだい」

路子はそれぞれに封筒を差し出した。十万円ずつ入っている。

「えっ、歩未(あゆみ)さん、いいんですか？」

「っていうか、なんで僕たちみたいな外国人に」

アンジーとボビーは、目を丸くした。路子は浜田(はまだ)歩未と名乗っていた。

錦糸町の裏通りにある小さな公園だ。ベンチに座り、コンビニのサンドイッチと缶コーヒーでランチをしながら言った。

空は見事に晴れ上がっている。五月晴れは、心を和(なご)ませる。だが新型ウイルスの流行は依然として日本全土を覆ったままで、こちらはいつ晴れるのか予想もつかない。

「特別定額給付金の十万円だけじゃ足りないでしょう」

アンジーは錦糸町のパブで、ボビーは亀戸(かめいど)の造園店でバイトをしていたが、三月に解雇になったままだ。

ふたりともフィリピンからの留学生だが、給付金を受け取れただけでマシなほうだという。

今回の給付は外国人であっても、四月二十七日時点で住民登録が三か月以上経過していれば受け取ることが出来ることになっていた。

だが、それすら知らされずに、書類だけ書かされて悪徳ブローカーに搾取されてしまった者も多いという。日本語がよくわからなくて、かつパスポートも住居もブローカーに管理されているような外国人たちだ。

それ以前の問題として、一度こっきりの十万円給付で、二か月以上の無収入をしのげるものでもあるまい。

「歩未さんは、いいんですか」

「私は記者としての仕事があるから、とりあえず収入は減らずにすんでいる。マニラに行ったときに現地の人に良くして貰ったから、これはおかえし」

一週間、毎日この公園に通い、錦糸町の外国人コミュニティに接近した。毎朝新聞の契約記者を装っていた。

錦糸町には多くの外国人パブやレストランがあり、各国の人々が集(つど)っている。ある意味租界(そかい)の雰囲気すらある街だ。

様々なコミュニティが存在するが、必ずしも国別ではない。近所だったり、共通の趣味を持った者同士が助け合いながら暮らしているようだった。

アンジーとボビーもアパートの一部屋に五人ぐらいで暮らし、食材を分け合い共同で料理をすることで、しのいでいるという。昭和の頃の日本人のようでたくましい。

そのせいもあってか、アンジーにも、ボビーにもある種の余裕が感じられた。そこにまた路子が疑いを持った。

一緒に暮らしているのはアンジーと同じフィリピン人ふたりとタイ人とインドネシア人。ボビーのほうはペルー人やブラジル人と一緒だそうだ。名前を聞き出すと、いずれもデザイアの名簿に存在した。

アンジーとボビー、ともにデザイアの名簿にあった人物だ。

「ねぇ、日本の七夕(たなばた)祭りって知ってる？」

路子はボビーのほうに訊いた。

「知ってますよ。遠距離恋愛を祝う日でしょう」

大きな意味では、そういう解釈であってもいいかもしれない。年に一度だけ出会う彦星(ひこぼし)と織姫(おりひめ)の伝説は、遠距離恋愛の象徴かもしれない。

「その日、私の知っているＮＰＯ法人が街頭で、無料マスクを配布するんだけど、そのスタッフにふたりどうかなと思って。日当は二万円なの。多少の稼ぎにはなるわ」

路子は、細心の注意を払いながら、ふたりには視線をむけずに訊いた。

ふたりの五月十八日のスケジュールを知るための囮(おとり)質問だ。

これを聞き出すために、一週間、取材と称して、錦糸町の公園に通ったのだ。

七夕マスクは、実際に配布することになっている。関東泰明会の息の掛かったＮＰＯ法人だ。転売しようと買い占めをしていた半グレ集団の倉庫を襲って、せしめてきたマスクを無料で配布するという。

金田潤造の侠客(きょうかく)精神から実施の運びとなった。実に荒っぽい仕入れ方だが、時にはこういう手法が必要だ。悪には悪だ。

「え～、それって五月十八日、限定なんですか？」

ボビーが特徴のある大きな目をさらに見開いて言う。

「そうなんだけど」

「その日は、もう僕もアンジーも、バイトが入っているんです」

「よりによって、稼げる日が同じだなんて、悔しすぎる」

アンジーも膝の上の握りこぶしを、さらに固めた。

「あら、そうなんだ。残念ね。でも、仕事が入ったというのはいいことよ。少しは明るい兆しが見えて来たのかも」

感染者数は、わずかに下降し始めている。だが、相変わらず、発表されるのは感染者数ばかりで、検査数は発表されていない。検査数が少なければ、感染者数も少なくなるのが当然だ。

一方で、新型ウイルスの発信地である中国や、日本よりも先に緊急事態宣言やロックアウトを行った欧米諸国は、徐々に経済活動を再開し始めている。

これが日本でも明るい希望となって、株価は現在持ち直していた。ただし、持ち直しているのは株価だけで、実態経済は、瀕死の状態のままだ。

国が一進一退を繰り返していることに変わりはない。

まさに、暴動が起こる土壌は十分整っている。

「でも、ボビー、マスク配って二万円のほうが美味しくない？　ビルの清掃で一万円より断然楽だし、それにマスク配りのほうが意義があるわよ。今から変えられないかしら」

アンジーがボビーの肘を自分の肘で突きながら言った。

ビルの清掃？

聞き直そうとして、路子は言葉を呑んだ。

「いやぁ、それは倉橋さんに悪いだろう。僕たちが生活に困っているのを知って、食料品なんかを差し入れてくれたんだ。それに、マルティンやジャイールのリーダーは僕だから、責任あるよ」

「それは私も同じね。グロリアやアナベルの仕事は私が責任を持たないといけないから。やっぱりいまさらキャンセルするって無理よねぇ」

アンジーも残念そうに空を仰いだ。

「いいのよ。無理にしなくても。その倉橋さんという方も、みんなを応援してくれているんでしょう」

それはどういう関係の人？

という言葉も呑みこんだ。根掘り葉掘り訊いたという印象は残したくない。

「ええ、倉橋さんは、映画プロデューサーよ。フィリピンでもよく撮影している人。私たち、エキストラに登録しているの」

アンジーが自ら言い出してくれた。

「あら、清掃とかだけじゃなく、そういうお仕事もあるのね」

路子は、大げさに驚いて見せた。

「そうなんです。僕はいつもアクション映画のギャングの役。ビルの駐車場とかで拳銃で撃たれて殺される役とかです」

とボビー。

「私は、そのまんまフィリピンパブのホステス役が多いわ。でも、来日中にそういう仕事をした実績を残すと、留学ビザではなくなっても、興行ビザに切り替えやすいんです」

飲み終えたコーヒーの空き缶を、レジ袋に仕舞いながらアンジーが言った。なまじの日本人女子大生よりマナーがしっかりしている。

「なるほどねぇ。でも誰でもなれるわけじゃないんでしょう。ふたりには、画面映りがいいとか、そういう才能があるのよ」

ほめながら訊く。

「いや、たぶん誰でもなれますよ。デザイアっていう制作プロダクション、外国人を専門にネットで募集しています。登録しておくと、マッチした仕事があったときに連絡してくれるんです。仕事が終わった後にすぐに出演料をくれるので、助かります」

ボビーが言った。

うまい手を考えている。路子は感心した。芸能プロを介さず、制作プロから直接募集するので、どちらも手数料を取られないうえに、人材派遣業としての厚労省の認可もいらない仕組みだ。

と、そこで気になった。制作プロに清掃業の斡旋は出来ないはずだ。明らかに職安法に違反する。

「清掃というのは、時々あるの？」

「はい、いまはロケが止まっている時期なので、例えばそういう仕事でもいいかな、ということで連絡をもらいました。時々そういうこともあるんです」

「いままでも？」

「僕はビルの窓ふきとか、エレベーターのメンテナンスとかありましたね。最近のオフィス、テレワークが進んでいるでしょう。人が少ないから、ビルのメンテナンスをするチャンスなんだって。倉橋さん言っていました」

「私は、もっぱらクリーンスタッフ。でもいつも撮影ということになっているんです。そうじゃないと、法律違反になるって」

アンジーが胸元で指をクロスさせて見せる。

「倉橋さんたち、カメラ、回しているしね」

まさに制作プロの立場を利用した脱法行為だ。単純労働をロケだと偽って斡旋しているのだ。しかも、わざわざ、カメラを回している。

ちょっと待て。

わざわざカメラを回してる？

いやそうではなく、カメラを回すのが目的だとしたら？

路子の頭蓋の中で、いくつもの閃光(せんこう)が交差する。

テロを仕掛ける前に事前に、ビルメンテナンスやクリーンクルーを派遣して、内部を撮影しているのではないか。

唇が震えだすのを懸命に堪えた。七月七日はどこのビルに行くのか、訊きたくてしょうがなかったが、これも呑み込んだ。彼らがしゃべったという事実が知れると、変更されるかもしれない。

盗聴、尾行。それしかない。傍見班に引き継ぐことにした。

2

「青木俊夫。調べておきましたよ。いろいろとレコード会社や芸能プロにいた友人にあたってみました。面白い人物ですね」

小説家の沢元祐樹はもったいぶるように、葉巻の煙を吐いた。

相変わらず、この小説家は中央南署の斜向かいにある廃業した喫茶店を執筆場所にしていた。マイ・カフェのつもりらしい。

「マンデー毎朝の小説担当に電話を入れておきました。官能小説なら、ほかの作家とバッティングせずに年明け頃から掲載が可能だと言っていましたが、先生、そっちはやりませんよね」

「やるよ」

沢元に即答された。

断られると思い適当な餌をぶら下げたのだが、こうもはっきり引きうけられたら、本当にマン毎の文芸担当を口説くしかない。やれやれだ。官能小説は書かないと思った自分が間抜けだった。川崎は、胸底で自分を叱咤した。

「では、週刊誌のほうと繋がせていただきますよ。それで、青木俊夫氏というのは、芸能界の中でどういう立ち位置で？」

餌を渡したからには、こっちもずけずけ訊くことにした。

一般的に、芸能界というのは、タレントやアーティストをかけるプロダクションの大物社長を中心に動いていると言われている。映画やドラマの制作プロダクションも重要な位置を占めるのはわかるが、その影響力となると、いかほどのものなのか、川崎としてはよくわからなかった。

「制作プロの社長の中には、下請けに過ぎない仕事をしていながら、自らがしゃしゃり出るタイプも多い。だが、青木はそういうタイプじゃない。自身の過去やキャリアについてもあまり話したがらないそうだ。実績とキャリアからいって、制作プロ連盟の理事長に就いてもおかしくないのに、理事にすらなりたがらないそうだ。そのくせ、連盟への拠出金は群を抜いて多く、零細プロへの資金融資にも寛大だそうだ。黒幕に徹しているんだろうな」

「たいした人物のようですが、過去について語りたがらないというのは、なぜでしょう。脛に傷でもあるのでしょうか？」

「いや、本人が語りたがらないだけで、出自ははっきりしている。横須賀の出身で、高校を中退してグループサウンズのバンドボーイになった。グループサウンズって知っているかな？」

最初の入り口は、映画ではなく音楽だったということか。川崎は意外に思った。

沢元が立ち上がり、カウンターに向かった。コーヒーサイフォンが、沸々（ふつふつ）と煮立っている。よい香りだ。以前に来た時とは違い、バニラの香りが混じっている。

沢元いわく、アルコールランプを消す瞬間のコツを覚えるまでに三年かかったそうだ。

最近はパンケーキ作りにも夢中らしい。この男には転職を勧めたい。ロングエプロンをして、いますぐカフェを開くべきだ。

小説は数冊読んだが、下手だ。下手なのに、年間八冊刊行される程度に発注を受けているそうだ。それなりに売れているからだろう。世の中には不可解なことが多い。

「グループサウンズ。もちろん知っていますよ。父親がドーナツ盤のレコードをたくさん持っていました」

川崎は苦々しい思いは胸底に沈めて、明るく答えた。

「青木さんは、そのちょい下の世代でね。彼がバンドを組んだ頃にはグループサウンズブームは終わっていたんだ。本を書くために調べたんだけど、ＧＳブームというのは一九六六年から七〇年ぐらいまでのせいぜい四年だね。七一年にはもう下火で、その後ニューミユージックというのがやってくる」

沢元は、若干、博覧強記の癖があるようだ。

「バンド・ボーイからプロのミュージシャンにはならなかったんですか」

「うーん。厳密に言うとプロのドラマーにはなった。けれどレコードデビューはしていない。キャバレーやビヤホール、それに温泉ホテルを回る、俗に言うハコバンだ」

「ハコバン？　聞きなれない言葉です」

川崎は確認した。本音を言えば、それ以上にドラマーという一言が胸に刺さったが、顔には出さずに、沢元の話に耳を傾けた。

「昔の音楽業界の隠語さ。今では使わなくなったね。ハコとかトラって」

「ハコ？　トラ？」

正直さっぱりわからない。

「ハコはキャバレーやクラブ、あるいは当時のディスコのようなところの総称。文字通り箱物のハコさ。ハコバンはその専属バンド。カラオケが主流になる前は、全国いたるところにハコバンが存在した。そのほとんどがコピーバンドよ。当時のハコでは、オリジナルなんてやったら、ブーイングを受けるだけだ。誰もが知っている洋楽の有名な曲をやる。その代わりどんな曲でも即席でやれるのが、ハコバンの凄さだ。時によっては、レコード歌手のバックも務める。昭和の頃は、キャバレーから巣立ってテレビの音楽番組の専属になったバンドも多い。トラはエキストラの略。専属バンドのメンバーに穴が開いたときに、ヘルプで入るミュージシャンのことだ。どうだい、俺もなかなか資料を読み込み、取材しているだろう。『青木俊夫とロハスブリード』。それが当時、社長が率いていたバンド名だそうだ。業界では有名な話だが、本人の前でその話をすると如実に不快な顔をするので、面と向かって言うものはいないらしい」

沢元は得意そうに言いながら、ふたつのカップにコーヒーを注いだ。

「ライオンコーヒーだ。匂いに特徴があるから、好みは分かれる。俺はこいつを飲みながら葉巻を吸うとアイデアが湧いてくる」

沢元がボックス席に戻ってきた。

通ぶっていやがる。悠々自適な老後を送っている元サラリーマンの典型的なタイプで、あまり好きになれない。完全な逃げ切り世代だ。

が、一口啜ると確かに旨い。絶妙な香りと温度だ。思わず「うまいです」と口に出した。

「小説もそう言われたい」

沢元が自嘲気味に言う。わかっているようだ。いずれにせよ、どうでもいいことだ。

「あの青木俊夫さんは、ドラマーだったのですか」

高鳴る胸の鼓動を押さえ、平静を装いながら訊いた。

「そう聞いている。ドラマーでバンマス。グループサウンズにも多かったパターンだ」

遺体を詰めるのに使われたドラムケースと繋がりが出てきた。ただし、沢元の証言はあくまでも又聞き情報だ。この男がこれ以上知っていることはないだろう。川崎は、矛先を変えた。

「そのハコバンをやっていた青木氏が、映画制作プロダクションの社長になったのはどういうわけなんでしょうかね？」

「そこよ。そこなんだ。一九八六年のことだ。突然、奴はバンドを解散して、ハコ屋になるんだ」

「ハコ屋？」

これもよくわからない。

「いまでいうブッキングオフィス。ハコにバンドを斡旋するからハコ屋と呼ばれたらしいんだな。最近ではこんな隠語を使う業界人も少なくなったそうさ。ハコ屋も芸能プロのひとつではあるが、スカウトして一から育て上げる制作系芸能プロダクションとは異なり、完成されたタレント、歌手を借りて舞台に立たせるので、当時は格下にみられていたようだ。まだ売れていないアーティストに先行投資をする現在のイベンターとは大違いだ」

「ドラマーとして舞台に上がっていた青木氏が裏方になろうとしたということですか」

そうした例が多いことは知っていた。大手芸能事務所の社長にもグループサウンズ出身のドラマーもいれば、ロカビリー歌手がレコード会社の社長になった例もある。

「青木俊夫とロハスブリードは、もともとプロダクションには所属していなかった。青木さんが自分で直接キャバレーと取引していたという。ついでに後輩のバンドなんかの世話もしていたことから、徐々にハコ屋としての仕事が増えていったということだ」

沢元が一息入れてコーヒーを飲んだ。

「そこから、一気に裏方専門になったのですか」

川崎は先を急いだ。記者の勘として、何かその時期に秘密が隠されているようで、胸が騒ぐ。資金はあったのだろうか？　芸能界の中においても仁義が必要だったのではないか。花柳界にルーツを持つ日本の芸能界は、ある意味現在でも排他的で閉鎖性の高い世界である。ましてや三十年も昔のことだ、そうそう簡単に事務所が作れたわけでもあるまい。

「そこらへんのことは……ちょっと待ってくれよ」

沢元がボタンダウンの半袖シャツの胸ポケットから手帳を取り出した。指に唾をつけて頁を捲(めく)っていく。記者と同じで手書きでメモを起こしているようだ。老眼のせいかやけに文字が大きい。

何度も捲り返しながら「あぁ、ここだ」とようやく手を止め、話が再開した。年寄りを相手にするのは、根気がいる。

「青木氏が当時本拠地にしていたのは赤坂のキャバレー『ブルーオーシャン』だな。バンドを解散したのはそのキャバレーのオーナーが急に替わったのがきっかけだったみたいだ。俺が話を聞き出した元ミュージシャンの証言によると、ブルーオーシャンが突如オーナーチェンジになったのは一九八六年の三月だそうだ。要するにバンドとして切られたんだろうな。一九八六年といったら、昭和も終わりの頃だろう。もうキャバレーも生バンドを抱えている時代でもなくなっていたはずだ」

「キャバレーという業態も、その頃まではなかったのではないでしょうか」

川崎の世代ではキャバレーという言葉自体がレトロだ。昭和の遺産としてその業態があることを知っていても、それは古い映画の中で観るものでしかない。

「一九八六年はちょうど転換期だな。旧式のキャバレーが衰退して、キャバレーとナイトクラブの要素を兼ねたキャバクラが登場してきた時期だ」

言うなり沢元が、猛烈にまた手帳を捲り始めた。そうした風俗史に関しても調べているらしく、大きな字で何頁も書いてあった。

長々とご高説を垂れられたのではかなわない。川崎は、すぐに質問を切り替えた。

「沢元先生、そのブルーオーシャンというキャバレーは、赤坂のどの辺にあったんですか？」

小説家は、頁を捲る指を止めて、即座に答えてくれた。

「赤坂通りの虎ノ門側。宮殿のような恰好をしたラブホテルのすぐ近く。っていうか、建物なら今でもそのまま残っているよ」

「現存するんですか？」

さすがに驚いた。

「そう、ビルそのものは現存する。当時は一棟まるごとキャバレーだったが、いまは一階がキャバクラ。二階から上は、バーとかダーツ店とかマッサージ店とか、さまざまな店が入っている。バブル崩壊後、ビルの管理会社やテナントは何度も入れ替わったようだよ。俺は、作家になる前にキャバには何度か行ったことがある。当時のステージがまだ残っていたよ。川崎君、今度、行ってみないか。もちろん毎朝さんの予算でね」

沢元め、それとなくタカってきやがる。

「おそらくまだ休業中でしょう。再開したらぜひ。店の名前は？」

とりあえずネットで確認しておこうと思う。

「ちょっと待ってくれ。なんだったけな」

沢元が天井を睨んだ。六十七歳の爺いだ。すぐに思い出せなくてもしょうがない。

「思い出した。『カサブランカ・レディ』だ」

沢元がそう言いながらコーヒーカップに手を伸ばした。思い出せてホッとしているようだ。

川崎がすぐにスマホで検索した。すぐにヒットした。

店の公式ホームページに、いまだ休業中であることを詫びる告知が掲載されていた。ページの最後を見て驚いた。運営しているのは華岡観光グループだ。

ジグソーパズルの一片一片が、ピタリピタリとハマりだしたような快感を覚えた。

すぐにこの情報を黒須路子に送った。

デザイアの青木俊夫とBUBBLEの横山祐一が繋がったのだ。かならず因果はあるはずだ。

「青木氏が、映画の制作プロを興して成功した秘訣は、なんだったんでしょうね」

沢元に再び視線を向けた。

「もちろん、そこら辺のことも、古い業界人に訊いておいたよ。小説のネタにしたいんだって言ったら、みんなべらべら答えてくれたよ。芸能界の現役を引退した連中は、暇だし、お喋り好きだ。だが、結構な経費が掛かった」

沢元が、おおげさにため息をつく。爺いというのは、どいつもこいつも食えねぇ連中ばかりだ。

「取材費は、多少用意してきました。それと、マンデー毎日以外にも、文芸の編集者と付き合いがあります。大電社とか三つ葉書房とか」

単純に知っているというだけだ。この下手くそな小説家に発注するとは思えない。だが今は、餌を与え続ける局面だ。

「そもそも青木さんが簡単にハコ屋になれたのすら不思議だったとみんな言うんだよ」

沢元が、手のひらを返したように喋りだした。それも一気に核心をついた話になった。

「不思議？」

「当時のハコ屋は、縄張りがはっきりした商売だ。とくにキャバレーにバンドやダンサーを入れる仕事となれば、当然こっちが絡んでいた」

沢元が、頬に人差し指で線を引いた。

「想像がつきます」

当時も今も興行は、そもそもヤクザの本業のようなものだ。一介のバンドマンがその利権に簡単にありつけたとは思えない。最初に感じた疑問だ。

「それなのに、青木さんは、赤坂のキャバレーやナイトクラブにすぐにブッキングが出来るようになった。その後、歌舞伎町や横浜のハコにまで手をのばしている。普通そんなことはありえないそうだ。それまで担当していたハコ屋をどかせたわけだから、地元のヤクザに、とんでもないバックマージンを握らせたはずだと」

その資金はどこから得た？

はやる気持ちを抑え、遠回しに会話を繋いだ。

「キャバレーバンドのリーダーとして、将来の起業を目指してコツコツ貯め込んでいたんですかね。出演料の他にも、後輩バンドのブッキング手数料や客からのチップをコツコツ貯めていたとか」

「いやいや、そんなふうには見えなかったと、当時、対バンだったミュージシャンが言っているね。店が跳ねるとホステスとしけこんだり、麻雀やポーカー賭博にはまっていたって」

「対バン？」

またわからない言葉が出た。

「対抗バンド。余裕のあるキャバレーでは、タイプの違う二バンドを入れて、交代で演奏させていたんだ。そういうのを見たのは俺が最後の世代かもね。ブルーオーシャンの専属は青木さんの率いるロハスブリードだったと思うけれど、ゲストにいろんなバンドが入っていたと思うよ。逆にロハスブリードが、歌舞伎町や巣鴨のキャバレーにゲストバンドとして乗り込んでいたこともあったはずさ」

沢元祐樹は見た目以上にきちんと取材をする小説家のようだ。

「では、青木俊夫氏は、どこで資金を手に入れたんでしょう。あるいはヤクザに対する信用を」

川崎は、首を捻った。たしかに不思議だ。

「そこだよ、もう一杯飲むかい」

川崎は頷いた。沢元がカップを持ってカウンターに立った。ライオンコーヒーを注いでくれる。

「当時を知る業界人は、ブルーオーシャンが人手に渡る直前に、何らかの裏金が動いたんじゃないかって言っている。青木がブルーオーシャンの裏帳簿とかそういう実態を知って、口封じの金を得たとかね。何しろ、その当時のブルーオーシャンはかなり怪しげな連中が集まるキャバレーだったようだ。ブルーオーシャンが潰れてから、あのハコは、日本人ホステス中心の普通のキャバレーになったんだそうだ」

最後の一言に引っかかりを感じた。

ライオンコーヒーのバニラの香りと共に、沢元が戻ってきた。

「いま、ブルーオーシャンが潰れてから、日本人のホステス中心になったと言いましたが、ブルーオーシャンは日本人ホステスの店ではなかったんですか」

川崎は訊き直した。

「あっ、すまん、すまん。最初にそれを言うのを忘れていた。ブルーオーシャンは、一応インターナショナルキャバレーを売り物にしてたんだ。ホステスのほとんどはフィリピン人。ほかに南米系なんかも結構いたという。客は、商社マンとか外交官、それに外国人も多かったというから、なんというか現在のフィリピンクラブや外国人クラブというよりも、高級ナイトクラブに近い店だったようだ。青木さんのバンドがロハスブリードというのも、マニラを意識してのことだね」

「ロハス・ストリートから取ったということですね」

マニラの中心街を走る通りの名前だ。

「もちろん、そのロハスだよ。フィリピン大使館や政府関係機関の連中もよく通っていたという話だ。ひょっとしたら青木さん、その辺とコネがあったんじゃないか」

そうだとすれば、マラカニアン宮殿の中庭で撮ったと思われる写真との整合性も出てくる。青木とフィリピン高官との繋がり。そこにも何か秘密が隠されていそうだ。

沢元が、ノートパソコンのカバーを開けながら言った。そろそろ執筆したいというサインだ。

「沢元さん、すみません。その対バンのミュージシャンだったという人、紹介してくれませんか？　頼みます。必ずマンデー毎朝の連載は決めます」

こうなったら、なんとしてもスクープを取って、編集局長クラスからマンデー毎朝の編集長にねじ込むしかない。

「本当かい？」

執筆中らしいパソコン画面を開きながら、沢元が疑い深い視線を寄越した。

「本当です」

「だが、官能小説なんだよな」

この期に及んで、さらに駆け引きを仕掛けてきやがった。

「何なら、いま聞いた話を軸にした、昭和の芸能界物語はどうでしょう」

「決まりだ。対バンのギタリストは内田力也。いまは、六本木でロックバーを経営している。携帯番号はこれだね」

沢元が再びノートを開き、携帯番号を書いてあるページを破ってくれた。

3

「こらっ、こんな温いビールが飲めっかよ。客が少ねぇからって、適当なもの出してんじゃねぇぞ」

関東泰明会傍見組の庵野照人は、バドワイザーがまだたっぷり入ったままのグラスを床に叩きつけた。

剝き出しのコンクリート床の上にガラスの破片が派手に飛び散る。

横須賀本町、京浜急行汐入駅から米軍横須賀基地までの間にある商店街、通称どぶ板通りのスタンディングバー『ジャガーズ』だ。

「あんた難癖付ける気か。ここは横須賀のどぶ板だぜ、どうなるかわかってんのか」

金髪の白人の店主が流暢な日本語で喚き立てた。米兵崩れだ。ジャガーというより白熊に近い顔と体形だ。

「ほう、どうなるってんだ。マシンガンでもぶっ放すのかよ。てめぇ、ここは基地の中じゃねぇんだぜ」

さらにカウンターに置かれていたジャックダニエルのボトルを白人の額をめがけて、放り投げる。さすがに、左に顔を振って躱された。ジャックダニエルのボトルは酒棚に激突し、一気に十本ほどのボトルが崩れ落ちた。ボーリングで言えばストライクだろう。

「てめぇ、よくもやりやがったな」

白人がカウンターの脇からのっそりと出てきた。濃紺のTシャツにブルージーンズ。腕には錨の刺青が入っていた。

恰幅は痩身の庵野の二倍ほどあった。身長も頭一つ分ほど高い。まるで冷蔵庫が向かってくる感じだ。

「上等だ。来いや、うすのろポパイ」

庵野は右足を一歩前に踏み出し、顔の前に両拳を構えた。

「くらえっ」

白人がそのガードの下から、グローブのような拳を突き上げてきた。

アッパーカットだ。

庵野は顎に拳が伸びてくる直前に床を蹴っていた。三十センチほどジャンプする。白人の腕が伸び切ったところで、金髪の頭頂部に肘鉄を叩き落とした。

「ぐぇ」

白人が顔を顰め、巨軀を左右に揺らした。焦点の定まらない目をしている。軽い脳震盪を起こしたようだ。

「頭は、ずいぶん固いが、こっちはどうかな？」

庵野は着地し、一度バックステップを踏むと、今度は、右の爪先を振り上げた。

バスケットシューズの爪先が、白人の股間を蹴り上げる。

クシャと、稲荷寿司が潰れたような感触を得た。

一見、中学生の体育用に見える白に赤いラインの入ったコンバースのバスケットシューズだが、爪先には鉛がたっぷり埋められていた。

「あうっ」

白人の金髪が逆立ったように見えた。前のめりに倒れてきた。

たぶん吐く。

庵野は左サイドに逃げた。

「ぐぇぇぇ」

案の定、白人は灰色の吐瀉物を噴き上げながら、両手も突けずに、顔面から床に落ちた。

庵野はカウンターに十ドル札を一枚置いて、外に出た。何気ない顔をして、米軍基地のほうへと歩きだした。

空から、強い光が照りつけていた。アスファルトの照り返しが眩しいほどだ。

傍見組の特攻隊員たちは、道の方々へ散らばっている。全員アロハシャツで決めていた。

濃紺にハイビスカスの柄の入ったアロハにホワイトジーンズを穿いた庵野は、ぶらぶらと通りに並ぶ店を見て回った。

さすが米軍基地の地元だけあって、スカジャンの店が居並んでいる。

庵野は店先に色とりどりのスカジャンを吊るした専門店の前で足を止めた。

ハンガーごと一着取って、眺めた。スカイブルーの地に、赤や黄色のドラゴンが刺繍されている。かなり凝ったものだ。

ナンパ要員として潜入中の上原淳一に買ってやろうと思う。値札は二万円。

庵野はホワイトジーンズの尻ポケットからマネークリップを抜き出した。十万の束になっている。

「これを買いたいんだけどな」

店の奥に声をかけた。

「あら、どうもありがとう。このところ、すっかりお客さんがいなくなったんで助かるわ」

薄暗い店の奥から皺だらけの顔の婆さんが出てきた。

銀髪をきちんとセットしている。ブルージーンズに白のオーバーブラウスで、真っ赤なハイヒールサンダルが決まっている。良き時代の横須賀ガール。そんな感じだ。

婆さんはスカジャンを受け取ると、店の奥へと戻っていった。慣れた手つきでジャンパーを畳んでくれている。

庵野の足元に黒い人影が伸びてきた。バスケットシューズのあたりに頭頂部が映り込んでいる。

「ちょっと、ションベン垂れてくるわ。包んでおいてくれ」

マネーホルダーごと、婆さんに向かって、アンダースローで放り投げた。

「あいよ。手は、ちゃんと洗ってくるんだよ」

婆さんは、きちんと片手でキャッチした。

庵野は振り返った。

スキンヘッドの狐目の男が、いきなり庵野のアロハの胸倉を摑んできた。背後に、五人の男たちが半円形に陣取っていた。いずれも黒のTシャツに迷彩柄のカーゴパンツを穿いている。こいつらはGIカットだった。この町ではいまだに、この髪型が人気があるようだ。

そいつらの背後に、アロハを着た組員たちがゆっくりと迫ってきている。こっちは十人以上いる。

「ジョーに何の用だった？　あぁ、こらっ。おまえどこの者だ？」

スキンヘッドが細い眼をさらに細めて言う。唾がかかりそうで、そのほうが怖い。庵野は仕事を急ぐことにした。

「あんたに会いたかったから」

「なんだと」

また唾が飛んできた。

庵野は胸倉を摑まれたまま、顔を下げ、頭頂部をスキンヘッドの顎に思い切り叩き込んだ。顎骨が砕ける鈍い音がした。

「ぐえっ」

スキンヘッドの顔が歪み、大きくのけ反った。口の周りを涎だらけにしながら、背中から崩れ落ちていく。

「アニキに何てことしやがる。かまわないボコっちまえ」

背後にいた男たちが一斉に飛びかかってくる。庵野は、アロハのポケットから鷹揚にマスクを取り出し口に持って行った。

先頭の男の拳が伸びてきた。なかなかいいストレートだ。だが、次の瞬間、男の身体が真横に消えた。

傍見組のひとりが、回し蹴りをクリーンヒットさせていた。

「ううう痛てぇ」

男がわき腹を押さえたまま、アスファルトに両膝をついていた。

他の四人も、次々にアスファルトの上に、倒れこんでいく。庵野の配下の組員たちは、まるでダンサーのように足を回して、GIカットの男たちをなぎ倒していた。特攻隊は全員タイのムエタイをマスターしている。このところ実戦の機会がなかったので、うずうずしていたところだ。

すぐさま通りに黒のアルファードが三台到着した。

アーミーナイフを突きつけて、スキンヘッドとGIカットの合計六人を二人ずつ各車の後部席に放り込む。組員がそれぞれついている。三台のアルファードはすぐに発車していった。拉致(らち)完了だ。

最後に、組長の専用車であるメルセデスが一台やって来た。黒のS450だ。後部席には傍見ではなく黒須路子が乗っていた。

「姐(ねえ)さん、ちょっと待ってください」

運転当番の組員に一声かけて、庵野はゆっくり先ほどの店に戻った。

「こんなご時世に、五枚も買ってくれてありがとうね。残りの四枚は、こっちで見繕っておいたから。センキューソーマッチ。気を付けてお帰りよ」

銀髪の婆さんが大きな包みをくれた。釣りをくれとは言えなかった。

庵野は舌打ちをしながら、メルセデスの助手席に滑り込んだ。

「ごめん、ヤクザの拉致する現場、見学にきちゃった。鮮やかなものね。刑事より素早いわ」

後部席から路子の声がする。珍しくラルフローレンのピンクのポロシャツに白のキュロットスカートなんか穿いている。

「うちら、いちいち逮捕状は見せませんからね」

「たいしたものだわ」

ピンクの風船ガムを膨らませながら言っている。刑事に感心されても、くすぐったいだけだ。

「ダイナマイト車は？」

運転手に訊く。

「はい。次の交差点で合流します」

メルセデスが速度を上げた。よこすか海岸通りに向かっている。信号を越えたところで、左折してきた白のトヨタマークⅡグランデと合流した。二十五年ぐらい前の車だ。スクラップ工場から拾ってきて、偽のナンバーをつけてある。すぐ近くまで大型トラックで運んできて、たったいま陸に下ろしたはずだ。

メルセデスがスローダウンし、マークⅡを先に走らせる。

「あれが、ダイナマイト車？」

路子が訊いてきた。

「はい。どうせぶっ飛ばすんで、車そのものはボロでいいんで。ようは出足だけしっかりしていれば」

「そういうことね」

またもや、ぷ〜んと風船ガムを膨らませている。どうも隣でこれをやられると、小ばかにされているような気分になる。

海岸通りの一本手前の道路に入った。港の近くだ。

「あの倉庫が桜闘会の本拠地ですよ」

庵野は路子に教えるように、左前方に見えてきたコンクリート造りの古い倉庫を指さした。二階建てだ。

『光秀水産』。駐車場の入り口に看板だけ出ていた。

「なるほど、あの名前で、築地市場に出入りしていたわけね」

「俺なんかにはよくわからないっすけど、たぶんそうなんでしょうね」

庵野にしてみれば、突っ込む理由などどうでもいいことだ。このところ傍見組でも頭脳派ばかりが重宝されて、武闘派の出番が少ない。

暴力団が暴力を振るわなかったら、ただの企業だ。今日は久々に、ぶちかましてやる。

庵野はスマホを取った。前方のマークⅡに連絡を取る。

「ためらわず行けよ。手前で待機している」

「了解です。一分後に突っ込みます」

返事があった。

「本当に特攻隊なのね」

「はい、ヤクザですから」

と言って、庵野は、メルセデスの運転手にはスローダウンを命じた。

倉庫が接近してきた。

前方のマークⅡが、ウインカーを出さずに、不意に左折した。倉庫は道路から十メートルほど引っ込んでいる。手前に駐車場が広がっているのだ。メルセデスはその駐車場の前に停車した。

マークⅡが、猛烈な勢いで、倉庫の正面入り口に突っ込んでいくのが見えた。

直前で、運転席の扉が開き、アロハシャツの手下が飛び降りた。柴田だ。受け身の体勢を取りながらコンクリートの敷地をごろごろと転がっている。手にはしっかりリモコンを握っていた。

倉庫の二階の窓が開き、数人の男が顔を出した。遠目にも顔が引き攣っているのがわかった。奥にむかって叫んでいる。

正面の扉が開いた。数人の男が拳銃を手に飛び出そうとしたところを、マークⅡのフロントグリルに押し戻された。

瞬間、轟音が鳴り響いた。少し遅れて、白煙が上がる。怒号も飛んだ。

飛び降りた柴田が懸命に走ってきた。メルセデスまで二メートルの地点で、柴田はリモコンを押した。

先ほどとはくらべものにならない、爆音が上がる。

突如、入り口付近でオレンジ色の炎が上がり、直後に倉庫の屋根が飛び火柱が上がった。

「早く乗って！」

路子が後部扉を開けてくれた。

柴田が、ホームベースに突っ込むランナーのように、両手をあげて飛び込んできた。

扉が閉まる。

「出せっ」

メルセデスはすぐに発車した。

「黒須さん、これが俺ら流の家宅捜査(ガサイレ)です」

庵野は自慢げに親指を立てた。ヤクザはこうじゃないとつまらない。

4

「おまえら、神奈川から出ていけよ」

傍見は、ズームを使ってドスを利かせた。手塩にかけて育てた特攻隊が命を張って売ってきた喧嘩だ。親としても押しまくるしかない。

午後五時だった。

傍見組は、芝浦の倉庫に前線基地を開いていた。

「おいおい、いきなりなんだよ。関東泰明会ほどの大組織の若頭が随分な言い方じゃねえか」

画面の中で桜闘会の会長、村上幸太郎が片眉を吊り上げた。

横須賀に殴り込みをかけられたうえに、ズームによる映像対談を申し込まれ、焦っている様子だ。

村上は薄くなり始めた髪の毛をオールバックに撫でつけた小太りの男だった。金ぶち眼鏡の蔓(つる)を神経質そうに弄(いじ)っている。

「理屈なんかねぇよ。くそヤクザは関東から出て行けと言っているんだ」

再度、挑発するように言ってやる。

ヤクザ同士の喧嘩だ。礼儀なんていらない。

傍見としても、数年前に実話系週刊誌に掲載された写真を見たことがあるだけで、実際に村上を観るのは初めてだった。

年齢(とし)は五十歳前後か？

相撲部屋の親方に似た顔がいたような気がする。

庵野たちが、横須賀の倉庫を襲い、攫ってきた連中から得た情報で、村上のパソコンにたどり着いていた。

桜闘会も、近頃ではズームやスカイプ打ち合わせをしているようだ。村上の背景は白い壁だけだ。自分がいる場所の雰囲気を悟られたくないということだろう。

無駄な努力だ。

傍見は倉庫の隅に置いてあるソファにふんぞり返り、胸底で嘲笑った。

こっちの音声に時々、汽笛が入るのは愛嬌(あいきょう)だ。

ズームに映り込まない位置に、庵野や組員数人が立っていた。武闘派ばかりではなく、フロント企業の連中も来ている。傍見の脅しに従って、別な映像をさし挟むためのＩＴ要員だ。

ときたま組員が裏口から出入りをしているので、潮の香りも入ってくる。岸壁にはクルーザーが五艇繋がれていた。目下、攻撃用に使う兵器を運び込んでいる最中だ。

「俺たちが、関東泰明会に何をしたっていうんだ？」

懸命に落ち着き払った声を出そうとしているが、村上の瞬きはやけに早い。いくら表向きだけのトップだとしてもこれでは貫禄がなさすぎる。

「すっとぼけてんじゃねぇぞ。六本木のビルにバズーカ砲を撃ち込んできたのはてめぇらだろうが。横須賀の倉庫ぐらいで済むと思うなよ。伊勢佐木町から本牧まで全部貰いに行くからよ」

どうせこいつが本物のトップではない。締めあげたら、どこかに動くはずだ。横浜の夕ワーマンションには別動隊が張り付いている。

「おい、六本木のことなんか、俺らは知らない。言いがかりもいいところだ。そもそもうちらは、神奈川からは、一歩も出ていないぜ」

「ほう。七十年ぐれぇまえには築地でぶいぶい言わせていたらしいじゃねぇか。いまはあのあたりはうちらのシマでな」

わざと築地の話を持ち出してみる。黒須路子からの指示だ。

「いまは、あんたらのシマでいいじゃないか。うちは、多摩川を越えてもめごとを起こしたりしていないぞ」

村上は顎を扱きながら言っている。惚けるのだけは一流のようだ。

「おめぇな。もう、裏を取っているんだよ。横須賀からさらってきた連中が、一時間前に謳ってしまったんだ。ほら見せてやる」

傍見は両手を頭の後ろに組んで、顎をしゃくった。闇カジノのＩＴ担当をしている部下が、すぐにパソコンを操作した。

スキンヘッドの男が真っ裸で、天井から吊るされている映像が流れる。全身が青ざめている。氷漬けにしていたのだ。実際のところ、この男は何も知らなかった。

「中野！」

村上の声がした。そういう名前だったらしい。その中野の音声を流した。

『六本木のＢＵＢＢＬＥを襲撃したのは、うちらです。桜闘会の上は関東をとりに行く構えです』

無理やり言わせたのだ。そう言わないと、凍死させると、庵野が脅し続けた。死ぬか生きるかとなれば、大概の人間は嘘でもなんでも、命じられたままに言う。

「バカな……中野が……」

と言いかけて村上が言葉を呑んだ。

「中野が知るわけがないと言いかけたんじゃないのか？」

傍見は、追い打ちをかけた。

「いや、そうじゃない。一体、泰明会は、うちらにどうしろって言うんだ」

「神奈川から、出ていけ。うちは、関東泰明会っていうぐらいだから、関東は全部シマだと思ってる」

「難癖だぜ。無茶苦茶すぎる」

「神奈川から出ていかねぇなら、とことん攻めていくだけだ。てめえらを日本からたたき出してやるぜ」

威嚇し続ける。村上は必ず桜闘会の真の支配者に指示を仰ぐはずだ。村上を追い込むために、傍見は、新しい映像を見せた。

棺桶が七つ並んでいる場面をアップした。

五つにはすでにGIカットの連中が、ひとりずつ収まっていた。これも真っ裸に剝いてある。死んではいない。睡眠剤で眠らせているだけだ。

「残りのふたつの棺桶(かんおけ)は、いまここに吊るされている男と、村上、おまえの分だ」

部下が、空の棺桶をズームアップさせた。

村上の顔が引き攣った。

こんな無茶な抗争の振り方は十数年ぶりのことだ。

庵野ではないが、楽しくてしょうがない。他人の持っているものを無理やり奪うのは、ヤクザの本業だ。

「まったく、あんた頭がどうかしているぜ。いまどき抗争なんて、ヤクザのやることじゃねぇ。なあ、傍見君、一緒に儲けないか？　手を組んだほうが得だ」

村上が狡猾そうに眼を細めた。

「お前、何、対等な口をきいてんだよ。一緒に儲けないかだと？　俺らは、桜闘会、まるごと呑む気でいるんだ。命が惜しかったら、全部差し出せよ。おまえのことは、うちの三次団体の若頭補佐ぐらいにはとりたててやる」

一歩も引かない気を見せた。これは、通常のヤクザ同士の圧力の掛け合いではない。相手の尻に徹底的に火をつけて、脅し続けねばならない。

「ばかな。いまどき抗争を起こしてシマをぶん獲るなんてやり方が、通用すると思っているのか」

「もともと、それがヤクザだろうが。三日以内にシマをあけろ。三日たったら、伊勢佐木町、曙町、本牧、それに横須賀でも、うちの連中が歩き始める。いいな、根性があるんなら、獲りにくればいいさ。だがよ、うちは一万人単位の極道を送り込むぜ」

ハードルをどんどん上げてやる。

法治国家の埒外にいる。それがヤクザの存在理由だ。

「あんた、頭がおかしすぎる。そんなことしたら、すぐに警察が動いてくるぞ」

「だったら、警察に泣きつけや。え～ん、え～ん、ヤクザに虐められましたって、警察に泣きつけや。それとも、もっと大きな後ろ盾に泣きつくのかよ」

桜闘会の背後にどんな組織がある？

「なんだとっ」

村上の目に、明らかに動揺の色が浮かんだ。これまでとは異質の動揺のしかただ。どうやら核心をついたらしい。

「おぉ、どうした？　中東のテロリストでも動かしてくるのかよ。それともロシアの情報機関か？」

畳みこんでやる。

「傍見っ。だったらやってやろうじゃないか。こっちも関東を獲りにいくからよ」

村上幸太郎は、一方的にズームを切った。

「めでてぇ。これで大騒ぎになる」

傍見は、脇に立っていた庵野のほうを向いた。庵野はすでにスマホを握っていた。

「村上のいるマンションから目を離すなよ。正面だけじゃなく、裏の非常出口とか、すべて赤外線カメラで撮影しておけ。村上が動いたらA班が追え。B班はそのまま待機して見張りを怠るな」

的確に指示を与えている。

これまでその存在を知られていなかった桜闘会の本部の場所を、横須賀から攫ってきた六人に、白状させたのだ。

『オーティス横浜東』。

会長の村上はその一室でパソコンに向かっているはずだ。傍見はすでに、組員にそのマンション一帯を張らせている。

「組長（おや）っさん。伊勢佐木町と曙町はどうします？　兵隊はすでに入れてありますが」

「騒がせろ。ただし略奪は厳禁だ。かっぱらいをやった若い者（もん）は即功破門だ」

「わかりました。爆竹鳴らして歩いて、地回りが出てきたら、徹底的にぶちのめして歩きます。これマジでシマ獲りにいっていいんですよね」

「当然だ。獲る気で行かなければ、返り討ちに遭うぞ。獲った陣地は、おまえの管轄にする。三十年ぶりに線を引き直せ」

「うっす」

「警視庁と神奈川県警に差し出す要員は揃っているんだろうな？」

抗争時にはこれも必要要員だ。

「二百人ほど、用意しています」

庵野がスマホのデータを眺めながら言った。機動隊が入ってきたときに、投降するメンバーは決めているらしい。

と、その時、隅のソファでやり取りを聞いていた路子が「二百じゃ足りないわよ。その十倍は必要」と言いながら立ち上がった。

ブルーの風船ガムを一度大きく膨らませ、すっと萎めるとつづけた。

「組対刑事（マルボウ）レベルじゃなくて機動隊を出動させるんだから、二百人ぐらいじゃ、警視庁も神奈川県警も納得しないわよ。検挙数で二千。そのぐらいの大ごとにしてよ」

「姐さん、関東泰明会の構成員は三千ですよ。そりゃ無茶ってもんだ」

「あのね。全員に懲役くらえっていう話じゃないのよ。留置所だって限りがあるわ。せいぜい七十二時間の拘留。日当払って動員してよ。青木と同じ作戦に出るのよ」

一気にねじ込まれた。

そもそも、抗争を始めろと言ってきたのは、この人だ。

おかげでヤクザにとっては、久しぶりに縄張り争いをやれるチャンスが巡ってきたわけだ。

「しょうがない。失業者を集めます」

庵野が肩を竦めた。

路子のスマホが鳴った。着信相手を見定めてから、タップした。誰かと会話を交わしている。路子の口調からして、警視庁のお偉方のようだ。最後に「はい、わかりました。私のほうの工作も急ぎます」と言って電話を切った。

「たったいま歌舞伎町と渋谷のセンター街で、大規模な打ち壊しがあったそうよ。ビル火災に発展しているって」

路子の目が鋭く光っている。

「なんですって？　もう桜闘会の連中、動きやがったんですか」

「違うわよ。これは、本物の一揆。歌舞伎町では、食い詰めたホストや密売人が、ハンマーや鉄パイプを持って、暴れまわり、渋谷では、円山町のクラブやライブハウスの廃業で、ストレスの溜まった連中が、通りで乱痴気騒ぎをし始めていたところから、暴動に発展したって」

路子が早口で説明してくれた。

「本当の暴動が起こり始めてしまったってことですね」

一番怖いのは素人の暴走だ。

「止めに入った警察官三十人ぐらいも、逆にボコられたみたい」

「たぶん、自棄になってみんな売りもののシャブを食っているんじゃないでしょうかね。ポン中は俺達でも、迂闊に手を出したくない相手だ」

庵野が言った。

「あんたでも、怖い者がいるんだ」

路子が訊いてきた。

「シャブを食った人間というのは、尋常じゃない力を発揮する。殴っても殴っても倒れないし、たとえナイフで刺しても、血まみれになりながら向かってくる。やってられないですよ」

庵野が答えた。シャブ中の怖さはヤクザのほうがよく知っている。

「お願い、いますぐ歌舞伎町や渋谷の地場(じば)の極道に発砲させてくれない。関西(ニシ)の橋頭堡(きょうとうほ)になっている金融屋の事務所とか、ミカジメをバックレたホストクラブとかあるでしょう」

路子が真顔で言ってくる。

「姐さん、そんなことしたら、昭和四十年代に逆戻りしますよ」

傍見は、声を尖らせた。

「本職同士の抗争なら、のちのち落としどころを決められるでしょう。素人やテロリストたちが暴走を始めたら、どこまで膨らむかわからない。大衆心理ってそういうものなの」

「言っていることがよくわかりませんが?」

傍見は、確認した。

「ヤクザが町で拳銃をぶっ放す抗争をおっぱじめたら、一般市民は家でじっと過ごすしかなくなるわ。いま必要なのは、タヌキ顔のおばさんからのお願いではなくて、一発の銃弾だと思う」

「とんでもねぇこと言い出しますね」

さすがに閉口したが、一理ある。傍見は頷いた。庵野が指示を出そうとスマホを手にした瞬間、ラインの入る音がした。

読み終えた庵野がすぐに口を開いた。

「桜闘会の村上が動いた可能性があります。五台のエルグランドを仕立てて、いま駐車場から出てきたようです。A班が追尾します」

「おうっ。どうせ、五台とも防弾仕様だ。手は出すなよ。五台すべての行き先をつきとめさせろ」

指示を出し、傍見はラッキーストライクを一本取り出した。一服する。

「姐さん、ここからは短期決戦になりそうですね」

否(いや)が応(おう)でもピリピリとした緊張感が湧き上がってくる。生きるか死ぬかの戦いになりそうだ。

「そうね。村上の泣きつく先に青木がいれば、狙いが見えてくるしね」

言いながら、路子が新しいガムを口に放り込んだ。

「一時間で、わかるでしょう」

部下にブルーマウンテンを持って来させた。

仮眠から醒めて、路子は目を擦った。

「五台のエルグランドには、どうやら村上は乗っていなかったようです」

庵野から報告があった。

五台とも都内に入ってから、それぞれ永田町、霞が関、羽田空港、晴海フラッグ、国立競技場の周囲を走って、最終的に大黒ふ頭の駐車場に再集合したとのことだ。

時刻は午後八時になっていた。

「逆に、いま黒のクラウンがマンションの前に停まって、出迎えた若い衆に囲まれて、中に入って行った人物がいるようです。残念ながら、その男の顔写真は撮れていません」

「車番は？」

「そいつは撮れています。いま転送します」

庵野がスマホをタップした。すぐに路子のスマホがバイブした。

確かに黒のクラウンが映っていた。路子はすぐに、陸運局に番号照会をかけた。警察の特権だ。最近では弁護士でも手続きを踏まないと即答は得られない。

「所有者は、港区南青山の株式会社デザイア。繋がったようね。そのまま、見張りを緩めないで」

すぐに現場に向かうことにした。

「海から回ったほうが早いでしょう。会長のクルーザーを使ってください」

傍見がすぐに組員に命じてくれたので王将号に乗り込んだ。信号もなく白バイもいない海路はやはり速い。

満天の星の下、三十分で横浜に到着した。そこから、傍見組のワゴン車で、マンションに向かう。

『オーティス横浜東』は二十四階建てのマンションだった。地下が駐車場になっているという。このマンションの最上階の五室がすべて桜闘会の幹部の居室となっており、事実上の組本部となっているそうだ。氷漬けにされた中野が、すべて謳っている。フロント企業は神奈川一帯に点在しているが、米軍キャンプやその居留地に近いところが特徴だ。

すでにエントランスの前にクラウンの姿はなかった。

「出入りした車は？」

ワゴン車に乗り込んできた見張り役の組員に確認した。この組員はマンションの斜め前のコンビニから、見張っていたそうだ。

「この三十分の間には出も入りもありません。他の地点から見張っている者からも特に報告はありません」

傍見が、いったいどれほどの人員を投入しているのかは聞いていない。だがこのマンシヨンには、最低二十人は張り付いているのではないか。警察並みの動員力だ。

路子はワゴン車を降りて、コンビニに入った。確かにこの位置からは、オーティス横浜東のエントランスがよく見わたせた。ワゴン車は、そのまま走り去った。傍見組は、車輌だけでも十台以上、稼働させているようだ。恐れ入る。

十分後だった。

オーティス横浜東のエントランスの前に、再び黒のクラウンがやって来た。運転しているのは、三十分前に撮影された画像に映っているのと同じ女性であった。直接見るとかなり彫りの深い顔をしている。ハーフなのかもしれない。

コンビニの前にバイクが一台到着した。

ヘルメットを脱いだ男が、店内に入ってくる。さりげなく路子の横に並び、ヘルメットとキーを手渡してくる。

警視庁よりも遥かに大道具が豊富だ。

男はそのまま、ビールの並ぶ冷蔵庫の前に進んだ。この組員の任務はこれで終了のようだ。

エントランスに数人の人影が見えた。囲まれているのでよく見えない。路子はヘルメットを被り、通りに出た。

店の前に駐められたホンダCBR1000RRに跨(またが)り、イグニッションキーを回しながら、前方のマンション前に目を凝らした。

ちょうどクラウンの後部扉が開き、ひとりの男が乗り込むところだった。人垣がほんの少し乱れ、男の横顔が見えた。

青木俊夫ではない。

確信をもってそう言えた。

とっさにはいま自分が見ている光景の意味がわからなかった。クラウンに乗り込んだのは、紛(まご)うことなき警視庁刑事部長の加橋稔なのだ。

クラウンはゆっくり滑りだした。横浜駅東口から、新横浜通りへ出て東京方面へと向かっている。路子は、追尾を開始した。

二百メートルほど距離を置き、後続する中型トラックやワンボックスカーの背後に隠れながら、走行した。午後九時前。道はさほど混雑していない。

浅間下(せんげんした)の交差点から、高台の北軽井沢町(きたかるいざわちょう)へと上っていく。路子は、速度を緩めた。坂道なのでルームミラーで後続車がよく見わたせる。折よく通りかかった大型保冷車の背後に隠れながら坂道を上った。

クラウンは三ツ沢(みざわ)から第三京浜道路へと入った。どうやら、戻り先は都心ではないようだ。

路子は中央車線を悠々と走るクラウンのテールランプを追いながら、左車線を慎重に走った。このところ夏日が続いているとはいえ、八十キロ以上での疾走は、若干寒い。なにしろ、ピンクのポロシャツとキュロットでホンダに跨っているのだ。首元と脛に猛烈な風圧を感じた。

京浜川崎インターを越え、玉川料金所に着くと、クラウンは環状八号線から目黒通りへと出た。交通量はさほど多くない。

紀ノ国屋等々力店の駐車場の手前をクラウンは左折した。深沢方面。世田谷区屈指の高級住宅街だ。通りには人気がない。

路子は一気にスローダウンした。住宅街をバイクで追尾するのはリスクがありすぎる。クラウンが直進し続けているのを確認しながら、バイクを路肩に停め、急いでヘルメットを脱いだ。シートの中に入れる。

路子は紀ノ国屋の前に付けていたタクシーに走った。

オリンピック仕様のジャパン。本来ならば、この夏は、多くの外国人を乗せて都内を走りまわっていたはずだ。過剰配車のせいか、今はどこにでもタクシーが並んでいる。

「駒沢通り方面に行ってください」

後部席に身体を低く沈め、伝えた。すでにクラウンの後ろ姿は見えないが、典型的な碁盤の目の住宅地である。追えないことはない。

三つ目の四つ角を越えたとき、右手の通りにクラウンが停車しているのが見えた。タクシーは四つ角を通り越していた。

「ごめんなさい。降ります」

タクシーを飛び降り、はやる気持ちを抑えながら、クラウンが停まっている道路へ向かう。門灯を灯した瀟洒（しょうしゃ）な家々が並んでいた。

クラウンはちょうど通りの中ほどに停まっている。後ろ向きだ。

路子は、両手を後ろ手に組みながら、クラウンの方向へ進んだ。リスクはあった。もしも加橋が出てきて顔を合わせたら、アウトだ。だが、加橋の入った邸（やしき）を確認せずにはいられなかった。

青木俊夫邸であろうか？

クラウンの女性運転手は乗ったままだった。加橋は長居をするつもりはないようだ。近隣に住む者の散歩を装い、ゆっくりクラウンの横を過ぎる。さりげなく門柱の表札を見やる。

『高野正勝（たかのまさかつ）』とある。

衆議院議員だ。五十四歳。民自党毛利（もうり）派に属し、現在は首相補佐官として官邸に詰めているはずだ。

路子は、そのまま行き過ぎた。

この先のクラウンの動きは、警視庁の捜査支援分析センター（ＳＳＢＣ）に任せたほうが早い。

いまは、加橋、高野、青木の繫がりを見極めることのほうが重要だ。

路子は、そのまま次の角を右折し、紀ノ国屋等々力店へと歩いて戻った。

六本木のキャバクラ、映画制作プロダクション、諜報機関系暴力団、警察、政界が、惑星直列のように並んでいる。

暴動の火元がかすかに見えてきたような気がする。

それともうひとつ、頭蓋の奥に、モヤモヤとしたものが残った。あの女性運転手だ。横顔がちらりと見えた。妙な既視感（きしかん）があった。

第六章　東京崩壊

二〇二〇年五月

1

川崎浩一郎は、六本木のロックバー『ウッドストック』の重い扉を開けた。ちょうどその時、黒須路子から衆議院議員、高野正勝のバックグラウンドを洗ってほしいとメールが入ってきた。

いくつもの取材を同時には出来ない。後回しにすることにした。

まずは、この店の主、内田力也の話を聞くほうが先だ。

「先日は電話で失礼しました。毎朝新聞の川崎です」

黴臭い店の中に足を踏み入れた。二十坪ほどの店だ。薄暗い店内の木目調の壁には、六

○年代から七○年代に活躍したロックスターたちのポスターが何枚も貼られている。

「あぁ、ぼんくら作家の友達かい？」

白髪のロングヘアー。頬が削げ落ちた老人がカウンターに座っていた。前頭部がほとんどなくなっているので、戦国時代の落武者のようだ。ぽつんとひとりで座っている。

「休業中に無理言ってすみません」

「いや、営業中だ。客がいないだけだよ、バカ野郎」

内田がグラスを呷（あお）った。ウイスキーに見える。

「失礼なことを言いました。申し訳ありません」

この手の老人には刃向かわないことだ。

「おまえも、好きな酒をやれよ。どれでも一杯千円だ。音を出していないからチャージはいらねぇ」

カウンターにボトルが並んでいた。どれにもネームタグが付いている。

「気にするな。誰の酒でも開けていい。どうせ今年は、もう来ねぇ」

では、と頷いて川崎は、国産ウイスキーのボトルに手を伸ばした。ストレートでやる。

噎（む）せそうになるのを堪（こら）えた。

「青木俊夫さんがブルーオーシャンでバンマスをしていた頃は、どんな曲をやっていたんですか？」

まずは音楽の話題から入る。

「そういうおまえは、昔のロッケンロールを知ってんのかよ」

内田の目が尖った。

「母がよくエリック・クラプトンを聴いていました」

「曲は？」

「『ワンダフル・トゥナイト』とか」

「ありゃ、歌謡曲だ。クラプトンの指がやんちゃだったのはヤードバーズ時代までだ」

「すみません。浅学なもので。ぼくは、よくわかっていないかもしれませんが、キース・リチャーズの不安定な音が好きです。すみません、怒らないでください。ストーンズだけは、六〇年代から現在まで、ずっと活躍していますから、僕らでも知っているんです」

川崎はおそるおそる、そう答えた。

内田は、つまらなそうに鼻の脇を擦り、正面を見据えて黙り込んだ。

しばらくして、

「まぁ、キースはいい」

と言って、グラスを一気に飲み干した。いい飲みっぷりだ。

そのままいったん、カウンターの中に入り小型冷蔵庫をあけ、大型サイズのペットボトルを取り出した。そいつを自分のグラスに並々と注ぐ。ついでにポップコーンの袋も取り出し、サラダボールに盛り上げた。

「あの、麦茶ですか?」

「酒をやらないロッケンローラーはいくらでもいる」

きつい眼で言われた。

「僕も、麦茶のほうがいいんですが」

「なら、先にそう言え」

新しいグラスに麦茶を注いでくれた。あらためて乾杯する。

「青木は、ごく普通のドラマーだったよ。下手ではないが味がないというか、丸コピーなんだ。それなら、フィリピンバンドのほうが遥かにうまい」

内田が唐突に語りだした。

「内田さんは、ギタリストだったんですよね」

「まぁな。いまじゃクラシックロックと言われる、弾く時代のギタリストだ。この意味わかるか?」

ポップコーンをほおばりながら言う。

「いや、わかりません。ギターは弾くものではないのですか？」

「いまのロックギタリストは、弾かない。切るんだ。リズムを切る。めちゃめちゃカッティングがうまいし、俺たちの時代では考えられない複雑なコードを押さえている。早弾きだの、泣きだのっていうのは奴らには演歌なんだ」

　昔を懐かしむようでもあり、現在を肯定しているようでもある口調だ。それがロッケンローラーなのだろう。

「内田さんはその頃のブルーオーシャンではどんなナンバーをやっていたんですか」

「さっきあんたが言った曲なんかが定番だった」

「クラプトンの『ワンダフル・トゥナイト』ですか」

「そうだ。七七年にアルバム『スローハンド』で発表された名曲。イントロの泣きのフレーズを、猫も杓子(しゃくし)も完コピしたものだ。だがその名曲がのちのちキャバレーのチークタイム専用の曲に成り下がっちまったんだから情けないね。もっともキャバレーバンドが演(や)る曲は、大抵がラブバラードだよ。ライオネル・リッチーとダイアナ・ロスの『エンドレス・ラヴ』なんてさんざん演らされた。正直、飽きちまってな。そのへんのリクエストが入るとうんざりしたもんだ。サンタナの『ブラック・マジック・ウーマン』なんて、一万回ぐらい弾いたよ。あれこそ演歌だろ」

内田が自嘲的に笑う。

「アップテンポの曲はやらなかったんですか?」

「やったさ。定番はマドンナの『ライク・ア・ヴァージン』とシンディ・ローパーの『ガールズ・ジャスト・ワナ・ハヴ・ファン』。こればっか。今思えば、バブル期を代表するような曲ばかりだ。けれど演(や)っているバンドマンはみんな七〇年代ロックの洗礼を受けた人間ばかりだ。ラブソングなんて苦手でね。ノリノリでプレイ出来たのはせいぜいドナ・サマーの『ホット・スタッフ』までだな。それと俺たちには、プレイヤーとかミュージシャンなんていう意識はなかった。あくまでもバンドマンよ。ハコで言われたメニューをこなすハコバンさ。ロハスブリードの青木もそんなひとりだった」

ようやく青木の話題になった。

それでも、川崎は先を急がず、婉曲(えんきょく)に訊いた。この手のファンキーなおっさんは、機嫌を損ねたら、その瞬間から喋らなくなる。記者としての経験だ。

「女性シンガーは別にいたんですか?」

さも当時のキャバレーバンドに興味があるような顔で言ってみる。

「バンドの専属というのもあったが、ほとんどのハコバンは男だけで構成されていた。女が入ると色恋沙汰の種になるからさ。女性シンガーとダンサーはハコ屋が別に差してくるというのが普通だった。あぁ、俺たちは、レギュラー以外の楽器やメンバーが増えることを〝差す〟っていうんだ。バックは俺たち日本人のバンドで、女性シンガーだけフィリピン人というのが当時のブルーオーシャンではよくあるパターンだった。ホステスの中には歌のめちゃくちゃうまい子がいたからな。そいつらを差すんだ」

内田は丁寧に教えてくれた。横柄な作家よりも遥かに親切だ。

「さぞかし当時のブルーオーシャンは華やかだったんでしょうね」

川崎もポップコーンを摘んだ。すると内田が急に険しい顔をした。

「おいっ。うちの店はフードが一番高いんだぜ。ポップコーンは五千円だ」

凄まれた。

「えっ、わかりました。五千円払います」

川崎はあわてて胸ポケットから財布を抜き出した。

「冗談だよ。好きなだけ食え」

内田がニヤリと笑った。どうもこのところ、癖の強い爺いにばかりあたる。

「いただきます」

この脈絡のなさには、場当たり的に対応するしかなさそうだ。

「キャバレーっていうよりもインターナショナルクラブさ。客も外国人が多かった。だから下手なプレーは出来なかったな。昔、米軍キャンプを回っていた先輩たちがアメリカ人の前で、英語の歌を歌うのはしんどかったって言ってたけれど、俺たちも同じよ。その点、フィリピン人歌手はよかったな。もともと英語が達者だし、歌詞の内容も理解出来ている。俺たちが、カタカナでマル暗記していたのとは、えらい違いだよ」

「青木さんのロハスブリードは、どのぐらいの間、専属だったんですか?」

「ロハスは、あの店がオープンした当時から専属だったはずだ。青木は二代目のバンマスだな。ボーヤから始めた口だ。ボーヤっていうのはバンドボーイのことさ」

「あの、オーシャンブルーはいつ頃出来たんでしょうか?」

「うーん。青木たちが最後にプレーしていた年が、店の二十周年だったような気がするが、いつ出来たかなんて知らないよ」

「そうですよね」

川崎は記憶をたどった。作家の沢元の話を、頭蓋の縁から呼び戻す。ブルーオーシャンの経営者が替わり、ロハスブリードも同時に解散したのは、一九八六年だ。内田の記憶がだいたいあっているとすれば、オープンは一九六六年前後ということになる。

「あの、そもそもブルーオーシャンは、どうしていきなり経営者が替わったりしたんでしょう。バブルの夜明けのような時代で、景気はよかったはずですが」

切り出すタイミングとしてよい頃合いだと思った。

「政変だよ」

内田がぶっきらぼうに言った。ポップコーンを噛みながら麦茶を喉に流し込んでいる。年寄りは喉を詰まらせやすいので、そのほうがいい。

「あの、店の中で権力闘争があったということでしょうか」

「そんなんじゃない。本当の政変だ。フィリピンでマルコス政権が倒れた」

そこで内田は突如噎せた。床に向かってゴホゴホ言っている。川崎はその背中をさすってやった。

「ブルーオーシャンは、当時のマルコス政権とくっついたやつらの溜まり場だったんだ。当時のオーナーは元商社マンで、フィリピン大使館の連中を常にあの店で接待していた。もちろん、その費用は勤めていた商社から出ていたにきまってる。フィリピンのインフラ整備事業などの請負をするために、相当な口利き工作がなされていたはずだ。当時は、フィリピンにも米軍基地があったから、そのルートでヤバイものも結構持ち込んでいたと思う」

「やばいもの？」

「マルコス一派の隠匿物資だよ。不正蓄財っていうのか？　よくわかんねぇけど、そんなもんだ」

このロック爺いは、意外と博識なのかもしれない。

フィリピンのスービック基地から横田基地に持ち込み、赤坂のブルーオーシャンをポストに使っていたということではないか。

「あの年の前年のクリスマス頃から、店のホステスたちの話題はマルコスかアキノかでもちきりになった。二月のバレンタインデー頃が大統領選挙だと言っていた。だが、店に来ていたフィリピーナたちは全員、マルコスが勝つと言っていたね。ただ、俺たちは演奏していて妙な気配も感じていた」

内田はそこでペットボトルからグラスに、さらに麦茶を注ぎ足した。ごくごく飲む。

「妙な気配とは？」

川崎は前のめりになった。

「ステージで演奏していると客席の様子っていうのは、よく見えるんだよ。客が女のスカートの中に手を潜り込ませているとかはもう完璧だ。それだけじゃない。十年もハコバンをやっていると、店の空気、もっと言えばそれぞれの客席の空気も読めるようになってくる。商談がうまくいっている席とそうじゃない席とかね。あの年のことはよく覚えている。年が明けた直後からピリピリとした空気が張り詰めていた。フィリピン大使館の連中やフィリピン人貿易商なんかが切羽詰まった顔で、二階のバルコニー席で顔を突き合わせていた。日本の商社マンも、いろいろ書類を広げていた。俺たちは金曜の夜にしか出ていなかったんだが、専属のロハスはもっと身近に感じていたんじゃないだろうか」

「マルコスの形勢が、思った以上に悪いと気が付いていたんでしょうね」

「たぶんな。マルコスもいろいろ私腹を肥やしていただろうが、側近たちや群がっていたビジネスマンたちも同じだ。なんだっけ、そういう連中のこと……ほら、湘南のバイパスと同じ発音の……」

意味がわからない。

「西湘バイパスですか」

「そう、そのセイショウ」

どうやら政商のことらしい。

「その政商とか、外交官がよ。米軍基地経由で国から持ち出した金塊とかドルを、ブルーオーシャンで、日本のヤクザとかに捌いていたらしいんだ」

「マジですか？」

「マジもマジ、マージービートよ」

さっぱりわからない。音楽業界のノリらしい。内田が続けた。

「二月十日ごろになるとホステスの中にも、日本で稼いだ金を、本国に送らない子がふえた。どうしたらいいのかわからなくなったんだろうな」

「実際、政変が起こったわけですからね」

「そういうことだ。青木は常連だったフィリピン人ビジネスマンや外交官とも仲が良かった。ロハスブリードは、マニラのホテルにハコバンで入ったことがあるぐらいだからな。そのときは日本民謡や演歌ばかりプレーしたって言うから青木も商売人だよな」

　青木のマラカニアン宮殿の中庭での写真を裏付ける証言だ。

「その頃、青木さんとは何か話しましたか?」

「あいつ、政変の十日ぐらい前からこの店、たぶん人手に渡るって、言っていた。どうするんだよって訊いたら、バンドは手仕舞いして、裏方に回るって言っていた。実際、三月になって店の経営者が不動産屋に替わって、バンドなんていらないと言われて焦ったぜ」

「いまでいう雇い止めですね」

「ハコバンなんていうのはそんなもんだ。だけどあのとき、青木がうちのバンドにオールディーズ専門のハコを斡旋してきてくれたんで助かった。ありがたかったよ。演る曲は、いきなり七〇年代を飛ばして六〇年代の『アメリカン・グラフィティ』の世界だったけどな。そこはハコバンよ。俺たちも即効『レッツ・ツイスト・アゲイン』とか『アット・

ザ・ホップ』を演りまくったさ。簡単だからな。あの頃のロッケンロールは全部循環コードで出来る。あんたも今言った曲ぐらいなら、聞いたらすぐに、あーこれかってわかるはずだ」

「ユーチューブでチェックしておきます。内田さん、それで青木さんの資金の出どころ、わかりますか」

曲名をメモしながら最後の質問をした。

「あんた、いままで何を聞いていたんだい。マルコス政権に群がっていた連中の隠匿物資を盗めたに決まっているだろう」

内田があっさり言う。

「ほんとですか？」

「ほんともなにも、それ以外ないだろうよ。金塊とかも店に運ばれてきたっていうんだぜ。それも米軍基地からギターケースに入れて運び込んできたという。ロハスブリードはあの頃、いきなり横田基地の劇場にもブッキングされたんだ。それだろう。いや、俺は見てねぇよ。見てねぇけどよ。そうに決まっているさ。しまいには、楽器ケースがたりなくなったみたいで、うちのバンドのバスドラムのケースを売ってくれとまで言われたからな」

「はい？」

「バスドラ。一番でけぇドラムのことだ」

心臓が止まりそうになった。大きく息を吸い込み、気持ちを落ち着かせて、大事なことを訊いた。

「あの、やっぱり外国人のお客さんが多いと、ドルでのチップとかもあったのでしょうか」

百ドル札のことも知りたい。

「あぁ、それはあったね。とはいえ、せいぜい五ドルだけどな」

「百ドル札というのはありますか？」

「チップとしてはあり得ねぇ。米軍キャンプのギャラなら別だがな。キャンプでは終演後に現金払いだった。八〇年代に入ってからはキャンプ回りなんてすっかり廃れていたけど、青木は横田に久しぶりに行って、いまだにドル払いだった、と苦笑いしていた。当時で、一晩で千ドル。キャバレーの倍だよ。まぁ、あいつのことだから、メンバーには平等に分けずに、くすねていただろうよ。バンマスが代表してギャラをもらいに行くんだが、二百ドルぐらいをさっと楽器ケースに隠しちまうんだ」

この証言は大きい。当時のキャバレーバンドの慣習を知る者の言葉だ。これで築地のドラムケースに挟まった百ドル札の説明がつく。

収納庫にドラムケースを捨てたのは、青木俊夫に違いない。

「いろいろありがとうございました。当時のキャバレーバンドの事情やデザイアの青木さんの、当時のことがわかって助かりました」

「まぁ、青木が金を握ったことに関してはあくまでも俺の推測だ。金塊なんて誰も見ていない」

「ええ、そのことを書くわけではないですから、いいんです。書きたいのは八〇年代の音楽事情ですから」

言って、ポップコーンを口に放り込んだ。

「なんだが、あれはあれで、思い出深い時代だったたな。ロックじゃねぇんだけど、なんつうかメロウな時代だった。そうそうマリーンなんてフィリピンの歌手も日本で成功していた頃だ。久しぶりに聴いてみるかね」

内田が席を立って、カウンター横のレコード棚に向かった。一枚のアルバムを引きだしてくる。

「こいつは、当時はやっていたダイヤモンド商品のＣＦソングだ。『ザンジバル・ナイト』。なつかしいねぇ」

スピーカーからいかにも八〇年代を思わせる曲が流れてきた。

川崎は聴きながら、スマホを開いた。路子から調べてくれという依頼のあった国会議員、高野正勝の資料を見た。

国会議員とはいえ、閣僚でもなければ顔も知らない。

五十四歳にしては、若々しい顔が写っていた。白い手袋をして、マイクを持っている姿だ。

不意に内田が背後から覗いてきた。

「そいつマー坊じゃん。マイクなんか持って、歌に転向したのか」

「えっ？　マー坊？」

川崎は振り向いた。

「そうよ、そいつはヤン坊じゃなくてマー坊だ。あの頃、ロハスブリードのボーヤをやっていた高野のマー坊だ。ドラム志望だったはずだぜ」

「内田さん、ありがとうございます。急ぎの用件を思い出したので、帰ります」

「なら和田アキ子のヒット曲」

「さっぱりわからないんですが？」

「『あの金を払うのはあなた』っていう歌があるだろう」

内田がウイスキーボトルと麦茶のペットボトル、それにポップコーンを指さす。会計のことだ。本当に音楽業界人は駄洒落(だじゃれ)好きだ。

川崎は財布から五万円抜いてテーブルに置いた。スクープ代だ。

「おおっ。こりゃすごい給付金だ」

目を丸くする内田に深々と頭を下げて、ウッドストックを飛び出した。

2

早朝だった。

耳を劈(つんざ)くような爆音がしたと思った瞬間、壁が揺れた。芝浦の泰明建設の倉庫だ。

「さっそく、桜闘会も攻めてきたようだな」

戦闘服を着たまま床に寝ていた傍見が跳ね起きた。路子がちょうど歯を磨いていたところだ。

ノートパソコンで様々なことを検索し続けていた川崎は、顔面蒼白になっている。無理もない。この場で唯一、戦闘には無縁の男だ。

昨夜、三人それぞれが得た情報を分析し、今後の工作方法について協議していたところだった。

　通りの向こうで風を切る音がした。二発目が飛んできたようだった。今度は壁に穴が開いた。模造ロケット弾ではない。本物の手榴弾（パイナップル）のようだ。コンクリートの壁が爆破で崩され、鉄筋が剝き出しになり、仄白（ほのじろ）く明けた外の通りが見えた。濃紺のワンボックスが数台停車していた。路子が六本木BUBBLEが爆破されたときに目撃した車両に似ていた。どの車からも助手席と後部席のサイドウインドーが下がり、長い銃身が覗いている。

「敵はサブマシンガンよ。一斉に撃ってくるわよ」

　路子は歯ブラシを持ったまま叫んだ。

　このままだと映画『俺たちに明日はない』のラストシーンのボニー&クライドのように、ハチの巣にされてしまいそうだ。

　倉庫内で待機していた二十人ほどの若い衆たちがすぐに拳銃やダイナマイトを手に取り四方に散った。

「関東を舐めんなよ」

　すかさず庵野が空いた穴の隙間からダイナマイトを一本投擲（とうてき）している。じきに爆音と共に、一台のワンボックスカーがオレンジ色の炎に包まれ、車体がバラバラになり四方に飛び散った。

「一台爆破。残りは呼び込んで脳天からかち割ってやる。みんな準備に取り掛かれ！」

庵野の声が飛んでくる。

「姐さんと川崎さんは、俺と一緒に船へ」

リモコンの黒いコントローラーを手にした傍見が、桟橋のある裏口を指さした。

「戦闘はプロに任せるわ」

路子は、裏口に走った。ノートパソコンを抱えた川崎も追いかけてくる。

裏口の扉を開けると、すでに小型のクルーザー五艇がエンジンをかけた状態で待機していた。常在戦場を標榜する傍見組の面目躍如たる姿だ。

路子は五艇のクルーザーのデッキを見やり驚いた。いずれのデッキにも、ドローンが数台並んでいるではないか。

空中戦に打って出るつもりらしい。

路子たちが乗り込むと艇はすぐに発進した。

倉庫の脇から、マシンガンを撃ちまくる桜闘会のワンボックスカーの車列が窺えた。戦艦が横向いて一斉砲撃してくる様子に似ていた。

一方、傍見組は、散発的にライフルで応戦しながらも、ひとり、ふたりと裏口から抜け出しては、桟橋を走りクルーザーに移動していた。

キャビンのソファに腰を下ろすなり、傍見が、ローテーブルに置いてあるパソコンを起動させた。

すぐに映像が上がる。

監視カメラを集中管理する警備室のモニターのように三分割の画面が上がっている。倉庫の外の敵の車。倉庫内。クルーザーに続く桟橋の三地点の様子を知らせる画面だ。

「まずはじっくり、庵野の指示ぶりを見てやろう」

傍見がリモコンを握ったまま、言った。昇任試験を見守る試験官のような目になっている。

路子はその隣に腰を下ろす。川崎は、自分のパソコンでなにやら検索を続けている。ローテーブルの上に、コーヒーポットとバスケットに入った焼きたてのロールパンが置かれていた。路子は勝手にコーヒーを注ぎながら、傍見のパソコンを覗いた。

倉庫内にまだ残っていた五人ほどの若衆が、ちょうど脚立にマシンガンを固定し終えたところだった。そのうちのひとりは庵野だ。

マシンガンは、鉄扉の前に横一列に五基、並んでいた。

マシンガンを撃ち続けながら桜闘会の車両が動き出した。

「こっちの反撃が弱いと感じて、接近して、手榴弾を投げ込むつもりでしょう。最後は車ごと突っ込んでくるんでしょう」

傍見が口辺を上げながら言っている。それが狙いだと言わんばかりの表情だ。

「自信ありげね」

「なあに、自分たちも攻めるときはそうしますよ。ヤクザは機動隊員とかじゃないんです。メンツが何よりですから、やられたらやりかえすですよ。自分らの倉庫にぶち込まれたんですから、やり返さないと気がすまないでしょう」

傍見の読み通り、先頭車両が駐車場の敷地内に入ってきた。左右の窓が開けられ。まるで戦車のようにマシンガンを撃ち続けてきた。

壁に穴が開く威力が倍になってきた。

その横の倉庫内を写す分割画面では、庵野が、組員たちに「退け」と腕を回していた。

全員が栈橋に向かって走り出す。

最後のひとりになった庵野が、五基のマシンガンの背後で、腕を振ってリモコンを押した。

「GO！」

同じタイミングで、傍見も叫ぶ。

轟音と共に傍見組側の五台のマシンガンが火を噴いた。

いきなりステンレスの扉に穴が開き、駐車場に入ってきた桜闘会のワンボックスカーの正面を一気に撃ち砕く。ヘッドライトやフロントグリルが木っ端微塵に吹っ飛び、タイヤはフラットになった。

相手の車を充分引き付けたうえでの、奇襲だった。

桜闘会の連中の怒号が上がる。

立ち往生した先頭車の背後の車から迷彩服を着たひとりの男が降りてくる。ロケットランチャーを担いでいた。スキンヘッド、アフリカ系にみえた。

「あれは舞台用の大道具ってわけではなさそうね」

「武器も兵隊も米軍流れの本物でしょう」

傍見は画像を注視したままだ。

スキンヘッドのアフリカ系が路面に片膝を突き、ロケットランチャーを肩に担いだ。

「ふんっ」

傍見が鼻で笑い、握っていたコントローラーの赤いボタンを押した。

デッキからドローンが舞い上がる。

パソコンの中に、さらに一つ窓が上がった。ドローン視点の映像だった。

スキンヘッド男の肩からロケット弾が放たれた。

泰明建設の倉庫の正面の壁がすべて吹っ飛んだ。脚立に据え付けられたまま射撃をしていたマシンガン五基も四方八方に吹っ飛ばされた。

「やられちゃったわね」

路子はコーヒーをごくりと飲んだ。

スキンヘッド男が、親指を立て、車に戻ろうとしていた。勝ち誇った顔だ。

「くらえっ」

傍見がパソコンの画面に向かって、リモコンのグリップを強く握った。

バリバリバリッ。

いきなりドローンの腹部から伸びた銃口からオレンジ色の炎と白煙が上がる。地上で男が、ブレイクダンスを踊るように派手に手足を動かし、最後は尻から崩れ落ちた。

他のクルーザーからも次々にドローンが飛び立っている。四機がワンボックスカーの真上を通過しつつ、荷物を落とした。黒い箱だ。ワンボックスカーのルーフに向かって急降下している。

「あのドローンは爆撃機なんだ。庵野君が脳天から割ってやると言った意味がわかったわ」

画面を見ながら路子は肩を竦めて見せた。

「そう。あの黒箱には一号ダイナマイトが三本ずつ入っています」

傍見がカップにコーヒーを注ぎながら言う。

「そりゃ、見ものだわ」

傍見が「せーの」と呟いた。

その瞬間、画面の中で、四台のワンボックスカーが大爆発を起こした。どの車体も真っ二つに割れ、中央から火柱を上げている。まるでゲームを見ているような感じだった。

完膚なきまで叩きのめした感じだ。

「けしかけておいてなんだけど、これ殺人罪よ」

「大丈夫ですよ。証拠は残らないっす。ほら、レッカー車が出てきた」

傍見がドローンの高度を上げた。視界が広がる。画面に海岸通りが写し出された。汐留方向から、レッカー車と大型トレーラーがやって来た。

「相手は一般人じゃないんです。ケガと弁当自分持ち。死体は自分らで片づけて、口を噤みますよ。所詮はヤクザ同士の戦争なんですから、死人ぐらい出るの当たり前じゃないですか」

傍見が平然と言っている。

「警察の手を煩わせないでくれて助かるわ」

路子はロールパンを齧った。バターが利いていて美味しい。

「今頃は、こっちも伊勢佐木町や曙町で騒いでいます。獲るか獲られるかですよ。今週はどんちゃん騒ぎになります」

「歌舞伎町や渋谷も今夜あたりから？」

「そうなります」

「いま見たような光景を素人が見たら、みんなおうちへ帰るわね」

「はい、たまには本物の極道の戦争を見るのも悪くないでしょう。とはいえ十日ほどで収束させたいですがね。ウイルスじゃないんですから。手打ちのしどころはあるでしょう」

「大丈夫。桜闘会を落としさえすれば、多分どうにでもなるわ。もう敵の構図は見えているんだから」

「そうだよな。てっぺんにいるワルはもう見えている」

川崎が初めて口を開いた。検索や確認を終えたらしい。

「正体はわかったの？」

「たったいま、六本木のロッケンロール爺さんの確認が取れました。まったくスマホを持っていても、早朝に一度しか確認しないというから。今見てくれましたよ。女の名前は、通称ジーナ。ブルーオーシャンの当時のオーナー山本直樹の愛人。マリファナの運び屋という噂があったそうです」

　そのとき、傍見のスマホが鳴った。メールのようだ。文面を覗いた傍見が内容を路子に告げた。

「アンジーとボビーの七月七日の行き先がわかったようです。尾行していたうちの組員が、電車の中での会話を拾いました。本人たちは、実際に何をさせられてるのかわかっていないのでしょうね。単純に作業に行くと言っていたようです」

「若頭、それどこよ?」

「あそこに見えますよ」

　傍見がクルーザーの前方を指さした。

「へぇ、あそこなんだ。海側から建物の雰囲気なんかを確認しておきたいわ。寄ってくれるかしら」

「もちろんですとも」

　クルーザーは晴海方向へと向かった。いくつものブロックに分かれた中層の建物の群れが見えてくる。海側から眺めるとサンタモニカやカンヌの街並みのようでもある。

　クルーザーは付近を一周した。

　海岸沿いに、まるでタワーマンションのような大病院が見えた。ＢＵＢＢＬＥの横山祐一が療養している病院だ。

「ねぇ若頭、明石町のどこかに、接岸できる？」

「探してみましょう」

面会謝絶は続いているはずだが、無理やり押しかけてやろう。

3

第三京浜道路から環状八号線に出ると、菫色の空に月が浮かんでいるのがかすかに見えた。まだ白い月だ。

俺は、メルセデスの速度を少しだけ落としながら、オーディオのスイッチを入れた。低音重視の特注で備えてもらったスピーカーから、グレン・ミラーの『ムーンライト・セレナーデ』が流れてくる。

懐かしい。

おもわず胸底でそう呟いた。

暮れなずむ環状八号線の光景に重なって、フロントガラスにかつてドラムを叩いていたキャバレーの様子が浮かぶ。

ミラーボールの回る一九七〇年代の赤坂『ブルーオーシャン』だ。

華麗で優雅なグレン・ミラーの曲が似合う店だった。

客席は半円形のステージを囲むように階段状に配置され、天井には大型シャンデリア。二階にはバルコニー席もあった。

客の大半が外国人で、ホステスはフィリピーナが中心だったので、やたらインターナショナルな雰囲気が漂っていたのが、やけに懐かしい。

俺がバンド・ボーイ（ボーヤ）だった七〇年代末期までは、キャバレーと言えばビッグバンドが当たり前の時代だった。演奏するのはグレン・ミラーやベニー・グッドマンあたりが定番で、夏になると、ビリー・ヴォーンの『真珠貝の唄』なんてのも演っていたものだ。

いい時代だった。

俺はひたすら舞台の袖で、バンマスの叩く姿を見て聞いて、身体に叩き込ませていたものだ。付いていたのは『東京ハバナボーイズ』。六〇年代から活躍するラテンが得意なバンドだった。

二年目ぐらいから週に二度、ステージで叩かせてもらえるようになった。もちろんノーギャラだ。

当時貰っていたのは、ボーヤとしての給料三万円だけだ。

ブルーオーシャンの賄いがとんでもなく旨かったのを覚えている。今ではどうということのないハンバーグやピラフ、それにピザなどというものも、十九歳の俺にとっては豪華メニューだった。

ボーヤは八年やった。

その八年間で覚えたのは、ドラムよりもバンドマンとして生きる処世術だったような気がする。オリジナリティのいらないコピー専門のバンドなのだから、とにかくステージの数をこなし、その店（ハコ）になじむことが肝心だった。

ハコにはそのハコなりの音質というのがあり、また、客質もハコによって全く違うものだ。そういうことをいかに早く呑み込むかということだ。

ハコのバンドマンは音楽家ではない。職人である。

八年経って、俺が二百曲ぐらい叩けるようになったところで、赤坂ハバナボーイズはあっさり解散しちまいやがった。

理由はメンバーの高齢化と店（ハコ）がバンドに払える出演料（ギャラ）が半額になってしまったからだ。

当時バンマスは六十を超えていたと思う。いまの六十歳とは違う。平均寿命が七十三歳ぐらいの時代の六十である。

一九七九年（昭和五十四年）の秋のことだ。

俺は二十七歳で七人編成のコンボバンドを作り、後を引き受けることとした。

その人数ならどうにかメンバーを食わせることが出来ると踏んでのことだ。シンセサイザーの登場により七人でも充分な音が出せた。

俺にとって、人生初のチャンスだ。

フィリピン大使館やマルコス系貿易商の知人が増えたこともあり、バンド名は『ロハスブリード』とした。マニラの海岸沿いを走るストリート名だ。

七九年といえば、アリス、甲斐バンド、ゴダイゴと言った連中が全盛の頃で、サザンオールスターズが『いとしのエリー』を発売した年だ。俺らも完コピして、毎晩のようにこの曲を演ったものだ。

フィリピン人ホステスをシンガーに仕立ててジュディ・オングの『魅せられて』を演るとやんやの喝采だった。

喝采といえばちあきなおみだが、彼女の曲は、キャバレーではやたら受けた。特に『夜間飛行』だ。これも日本人客にも外国人客にも受けた。

ドラムを叩いていても、次第に気分が高揚してくる切なくも希望のある曲だった。

八〇年代に入ると、七〇年代の陰鬱さが消えて、東京全体が妙に明るい空気感に変わってきた。

音楽の世界でも、政治性や哲学的な命題を据えていた一派が衰退し、ファッション性を重視するバンドに人気が集まり出した。

七〇年代が政治の季節だったとすれば、あきらかに八〇年代は経済の季節だった。

俺は十九歳から三十七歳までの十九年間を、そのインターナショナルキャバレー、ブルーオーシャンで過ごしたことになる。

ボーヤとして八年、ドラマーとして十一年だ。

いくつかの僥倖を得た。

ひとつは、多少だが英語が出来るようになったことだ。俗にいうフィリピン英語だが、彼女たちの発音は日本人の耳に馴染んだので、おかげで、いつの間にか、聞くことと喋ることが出来るようになっていた。

おかげで米軍キャンプの仕事などは、すべて自分で交渉できるようになり、他のバンドのために通訳をしてやることも出来た。

アバウトでも英語が出来るようになると、客の外国人とも縁を持つようになった。米軍関係者やフィリピン大使館の連中だ。現在六本木にあるフィリピン大使館は、当時、渋谷の南平台にあり、ロハスブリードは何度か招かれて演奏したりもした。マルコス、イメルダが全盛期の頃だ。

次は、客の外国人女性たちにモテたことだ。

もともとバンドマンはモテるのだが相場は水商売が大半だ。だが、俺は客としてやってくる外国人女性にモテた。外交官や貿易商の妻とか娘、あるいは国際機関に勤めるようなエリート女性たちにもモテた。

ハバハバOK。この一言でどうにでもなった。

おそらくだが、当時の西側諸国の女とは全部やったのではないだろうか。

もうひとつの幸運は、十八年もブルーオーシャンのステージに上がっていたことで、店の隅々までを知るようになったことだ。社長の山本がどこに何を隠しているかなどもすべて知るようになった。バンドマンという職業柄、マネジャーやボーイ、ホステスのように警戒されないのがよかった。音楽バカだと思われていたからだ。

特に、奈落の底の秘密を知ったことによって、俺の人生は転換することになった。

ステージには、舞台効果に使う昇降機があった。一段高い箱に乗ったドラムセットだけが奈落と行き来するための装置だった。

舞台をバンド演奏からダンスショーに即座に転換する際などに、手持ち楽器のメンバーは上手と下手の舞台袖にはけるが、ドラマーはセットごとステージ下へ消えるわけだ。

真下は笑ってしまうことに土だった。ドラマーだけはまばゆい光と香水の匂いもかぐわしいステージから、一気に黴臭い暗闇に落ちていくわけだ。

あの夜のことは今でもはっきり覚えている。

エンディングナンバーはライチャス・ブラザーズの『アンチェインド・メロディ』。小刻みに三連符を叩いている時に、ステージ下で同じような音がした。スネアのキーとほぼ同じキーの音だった。

タ、タッ、タンという音だった。

ラインダンスショーとの暗転のナンバー『ワイプ・アウト』でドラムセットごと俺の身体は下降していった。俺の身体が腰まで沈んだ時だ。誰かが、楽屋へ通じるステンレスの梯子に向かうのがほんの少し見えた。

下がりながらも俺はドラムを叩き続けていた。昇降機が完全に停止するまで叩き続けるのが決まりだ。

最後の一発、左右のシンバルとバスドラムを同時に叩いて、音を切り、横を向いた瞬間に俺は青ざめた。見てはならない光景を見てしまったのだ。

ステージの下の土が掘られていた。トランクがいくつも放り込まれている。

昇降機を降りて穴の方へと向かった俺は息を吞んだ。

その横に、さらに見てはならないものが横たわっていたからだ。人形かと思った。五分後、トランクの中身を確認した俺は、穴に土をかけ直していた。

寒い夜だった。二月十五日のことだったと覚えている。

十日後、フィリピンで革命が起こった。エドゥサ革命。フェルディナンド・マルコスは、マラカニアン宮殿からヘリコプターで脱出し、妻のイメルダが残した膨大な靴がニュースで流れていたのを今も鮮明に覚えている。

マルコスの不正蓄財は海外のいたるところに隠匿されており、いまだに全容が解明されていない。

フェルディナンドが亡命先のハワイで死亡した後、帰国が許されたイメルダ・マルコスは、不正蓄財、汚職などで何度となく起訴されたがいずれも保釈金で解決し、のちに国政に復活している。マルコス一家の当時の蓄財の大半は行方の知れないままになっている。

三十四年前のあの日、マニラに戻れなくなった連中と俺は手を組んだ。

表に出せない金を元手に、俺が会社を作り、当時マルコス派と呼ばれていた外交官や貿易商の面倒をみたのだ。

一介のバンドマンで、深い事情を知らないと思われたのが幸いしたようだ。

政治的な主義主張など、どいつも持っていなかった。要は金と権力をどう掌握したいかだけの連中だった。

表に出せない金塊や米ドルを、俺は映画製作プロ、イベント運営会社という使途が曖昧に出来る職種の特徴を生かして、運用した。

旧マルコス派には、フィリピンはもとよりインドネシア、マレーシア、シンガポールなどに、政治的なコネクションがあった。

映画制作、ドラマ制作、イベント運営というビジネスを梃子にしながら、俺は、日本の利権政治家どもとこの一派の間を取り持つことに成功した。

その後、フィリピンの大統領はアキノ、ラモス、エストラダ、アロヨ、アキノ三世、ドゥテルテと変遷を続けているが、公共事業の入札には相変わらず裏口だらけで、マルコス時代のコネは今でも生きている。

日本の保守政治家を後押しし、フィリピン利権をうまく食わせることは、三十五年前に日本に本拠地を変えた連中の新たな利権となっている。

――奴らは旧マルコス派を標榜する一種のフィリピンマフィアだ。

いまや俺は、当時の息子や娘の世代と組んでいる。

彼らはフィリピンパブやモデルエージェンシー、貿易会社などを営んでいるが、そのほとんどは俺の会社が面倒を見ているのだ。

第二世代が夢見るのはマニラに戻ってビジネスをすることだ。

最終目的は、父親たちの時代に対する憧憬からかマルコス的な親米政権を作り、再び米軍基地をマニラに置くことだ。

ホワイトハウスが後押しし、中南海が阻止しようとしているのは当然だ。

このフィリピンの一派を後押ししているのが日本の新保守を標榜する政治家たちだ。こいつらはこいつらで、フィリピン利権を独占しつつ、その資金を元に政治勢力の拡大を狙っている。究極は日本の再武装化。

いいとも悪いとも言えない。それがバンドマン崩れの俺の思いだ。

この国を守らねばなるまいと言えば、左から叩かれ、戦争はあってはならないと語れば、右から叩かれる。どちらも正論なのに、左右で方法論が異なる。

俺には定見はないが、どうしても助けてやらねばならない政治家がいる。俺の仕事を手伝ったために、ドラマーになれなかった男だ。

強制ロックダウン法案成立のために、手を貸してやらねばならない。急がないと緊急事態宣言すら解除されてしまいそうだ。

俺は、アクセルを踏みなおした。

4

五月に入り二週間が過ぎた。

ゴールデンウィーク頃から都内各地で極道同士の抗争が始まっていた。歌舞伎町や渋谷センター街では銃撃戦に発展した。

自粛や休業が徐々に緩みだした人々の心も、この抗争で一気に引き締まった。

これに乗じた暴動も頻発していた。

感染者数が激減しだしたことから、ようやく暮らしの立て直しが始まろうとしている時点での抗争勃発に、一般市民は、大きな衝撃を受けている。市民は再び家に引きこり、路子の作戦は一応の成果を見ることになったが、同時に、便乗犯も誘発することになった。

昨日は、台場(だいば)の複合商業ビルが襲われ、大量の衣類や精密機器が略奪されている。いまだに、給付金や協力金が届かない失業者達が暴徒と化しているのだ。

ある程度、予測していたことではあるが、仕事を急がなければならない。

「黒須、いつまでこんな状態を続ける気だ。下手をすると内乱に発展するぞ」

富沢が言った。

日比谷公園、噴水前だ。今朝は路子のほうから富沢を呼び出していた。公安の垂石にも声をかけてほしいと頼んだのだが、ここには現れていない。まったく食えない局長だ。

「あと四日ほどで片を付けます。ところで官邸内の動きはどうですか？」

路子は訊いた。

「黒須の指摘通り『強制ロックダウン法案』の国会提出への機運が一気に高まっている。今の与党の勢力なら通せるからな」

富沢は口辺を歪めた。強制的に国民の自由を奪う、その第一歩となる法案だ。

「便乗もいいところですね」

この新型ウイルスの流行で、深化しすぎたグローバル化に疑問を持った経営者や政治家が増えたのも事実だ。

同時に、極端な保護主義への転換を主張する政治家や官僚も増えている。ナショナリズムの高揚を煽り立てる集団もいくつか台頭してきた。時代の空気は八十年前に似てきているようだ。あの血のメーデーがあった頃だ。

「総理は、私権の制限に関してはいまだに慎重なのでは？」

路子は空を見上げながら訊いた。

今朝も灰色の雲に覆われている。この国の現状のようだ。

「いや、総理は、その時で変わる。政治家だから当たり前だがね。国民に受ける方向に傾く。これだけ、暴動や略奪が増えては一気に採択に傾きかねない」

そこを狙って動いている男がいるのだが、路子はまだ口にしなかった。

富沢が、首の横を掻きながら、会話を続けた。

「総理の頭には、まだ来年の東京オリンピック・パラリンピックへの期待が残っている。微(かす)かな期待だが、あわよくば、年明けにはよい方向に進んでいるのではないかという思いだ。いまは、誰も考えていないが、この新型ウイルスが、十月頃までに世界的な収束を見せると話は、さぁ、オリンピックだという気運が生まれる。世論とはそういうものだ。総理はこの状態でも機動隊を出動させるのをためらっている。世界に日本の治安が悪化しているように見せたくないからだよ。官邸にもそういう一派がいる」

富沢が額を掻きながら言った。

官邸内にいるのは、マッチポンプ男だ。片方で暴動を起こさせ、もう一方で機動隊の出動を止めている。騒ぎを大きく見せたいからだ。

「裏を返せば、あの総理の頭の中には、まだオリンピックしかないということですね」

路子は総理官邸のほうを指さして口を尖らせた。

富沢も苦虫を噛み潰したような顔になる。

「まぁそういうことだ。オリンピックを政治的遺産にして、国民から拍手喝采を受けながら官邸を去りたいんだろう」

　そのオリンピックファーストの総理の逆鱗に触れても、あえて強制ロックダウン法を成立させたい奴がいるということだ。

　新保守主義を標榜していると喧伝しているが、実は単なる利権屋政治家だ。総理のプライドをうまく利用しているわけだ。

「部長、とにかくあと、四日です。それとひとつ質問ですが、公安は加橋刑事部長の素性をどこまで把握していたんでしょうね？」

　路子は富沢を睨みつけた。

「こっちは反社会勢力と懇意にしている可能性があると聞かされただけだ。当たっていたとは、俺も驚いた」

　富沢も、いけしゃあしゃあとしらを切っている。すでに全貌を承知のはずだ。

　捜査支援分析センターの追跡によれば、あの夜、加橋の乗った車は、深沢の高野の自邸を出た後、表参道の青木俊夫のマンションに寄り、市ヶ谷の官舎に戻っている。青木のマンションを出た際には、小型のボストンバッグを一個提げているシーンが、マンション近くのコンビニの防犯カメラに映っていたのだ。

「泳がせておいてくださいね。あと四日。殉職させちゃいますから」

「それは助かる。長官も、総監も、この時期に現職刑事部長の不祥事は避けたいと」

そんなことで、特殊工作員を使うなと言いたいが、ことは国家の治安に関わっている一件なので止むを得まい。

路子は、会釈をして踵を返した。

5

五月十八日。

路子は目を凝らした。

「いよいよ来たわね」

晴海の東京オリンピック・パラリンピック選手村の敷地内に、大型バスが二台停まり、クリーンクルーの制服を着た一団が降りてきたのだ。合計二百人ほどいる。中央の広場に集合している。

路子と上原は、その様子を、パーク街区の一棟のエントランスから眺めていた。

このオリンピック選手村は、大会終了後マンションとして売り出されることになっている。

選手村で使用した宿舎はリフォームされ、中層マンションとして売り出される。

さらに二〇二三年までにタワーマンション二棟を新築し、全二十四棟、五千六百三十二戸の部屋が販売される。

国内を代表するデベロッパー十社が合同で販売するそうだが、オリンピックレガシーというブランド力を持つマンションとして、定期的に開催される説明会は常に満員で、予約も取りにくい状態だったという。

ただし、それも三月上旬までの話だ。

いまは説明会も募集も止まっている。

すでに販売され始めた部屋もあり、オリンピックが一年延期されたことで、購入者は予定通り入居出来ない状態に陥っていた。ここでも揉め事の種は芽生えている。

「もしオリンピックが中止になったら、これ全部売れるのかな？」

清掃員が、続々と中央の広場に並ぶ姿を眺めながら、路子は呟いた。

「正直、晴海駅からはかなり歩きますね。選手村だったという付加価値がなければ、昭和の大型団地と同じようなもんじゃないでしょうかね？」

上原も言う。

「総理のプライドとは別に、社会経済を叩きのめさないためにも、本当はオリンピックがあったほうがいいのよね」

「でも、どんだけの国が来るっすかね？」

　そこが問題だった。

　開催国として、どうにかこうにか体裁を整えても、世界が「日本は安全」と認めてくれるかは疑問だ。

　最初の取り繕いが間違っていたということだ。政権は必死に日本は大丈夫と見せかけてしまったのだ。採火式すら嫌がるギリシアを、思惑が一致するＩＯＣにねじ伏せさせ、無理やり日本に持ってきてまで『オリンピックはやるんだ』感を演出して見せたものだ。

　日本は水際対策とクラスター潰しでどうにかなる。そういうポーズだった。

　これが裏目に出た。延期決定後から感染者が急上昇したのは、国内のみならず、世界の不信を買っている。いまはそのただ中だ。

　これが対策が早く、徹底していたドイツやニュージーランドだったら収束宣言をした際には信頼し、世界は選手を送ってくれるのかもしれない。

　それだけ、感染防止対策に差があったということだ。

「出てきましたよ。あれが山本直美ですよ。デザイアの管理課の女です。若頭が手帳を見つけたのは、あの女の机の抽斗でしょ」

上原が指さしたほうに、路子は双眼鏡を向けた。

大型バスが入ってくる以前から駐車していた黒のアルファードから、彫りの深い顔をした女が降りてきた。

「やはり、そっくりだわ」

頭蓋の奥から、ぼやけた映像が浮かんでくる。双眼鏡を下ろし、すぐにスマホを取り出した。保存ピクチャーのファイルを開ける。

あの写真を取り出した。

築地の倉庫に埋まっていた白骨体の復顔像だ。

上原に向けた。上原は山本直美を間近で見ている唯一のメンバーだ。

「あの人、この女性に似ていない？」

「うわっ。目と鼻はそっくりですね。これ山本直美の若い頃の写真ですか」

上原が呆気に取られている。

「いや、この女性は生きていれば、六十歳を超えているから」

「ってことはこの人、山本直美のお母さん？」

あまりにも的を射すぎている。

「そういう見立てよ」

「山本直美って、外国人だったんだ」

「ハーフよ。まぁ、詳しいことは、明日にでも、毎朝新聞の川崎さんに教えてもらうことね」

その川崎は刑事部長の加橋稔を尾行している。加橋は、いつも通りに市ヶ谷の官舎を出て、桜田門に登庁したそうだ。

アルファードの背後に、大型のボンネットトラックがやって来た。荷台から、人相の悪い男たちが、十人ほど飛び降りてくる。手にカメラやライトを持っていた。

「ドキュメンタリーの撮影ってことになっているのよ。私たちもそろそろ、列に並ぼう。ねぇボビー」

「アイ・シー、アンジー」

路子と上原も清掃員の制服を着ていた。

本来は、錦糸町のアンジーとボビーに渡されたものだ。映画のエキストラ用の衣装だそうだ。

昨夜遅く、路子はアンジーのアパートに行き、仲間全員と共にバイト先を変更するよう説き伏せたのだ。

代わりにバスには、入れ替わった傍見組系列の外国人が混じっている。日頃はクラブやインターネットカジノの用心棒をさせているアフリカ系の連中だ。ボビーが熱を出したので、代わるように頼まれたことにしてある。この時期『熱を出した』のフレーズは、あらゆる免罪符になる。

担当の倉橋プロデューサーは、アンジーたちに確認もせずに承諾したらしい。そもそもやらせようという仕事が清掃ではないので、誰でもいいのだ。特にアフリカ系なら目立つはずだ。

路子と上原は制服の野球帽を目深に被り、さりげなく清掃員の列の最後尾に付いた。アフリカ系組員と同じ列だ。アイコンタクトだけ取った。

痩せた男が立った。斜め後方に立つ山本直美が腕組をしている。彼女のほうが立場が上に見えた。

「みなさん、こんにちは。デザイアの倉橋です。今日は本当のロケを行います。外国人清掃員が、ビルの中で暴れるシーンです。ですから今日は清掃をする必要はありません」

そうきたか。

路子はコンクリートの床に視線を向けたまま、聞き耳を立てた。倉橋が続ける。

「各棟に入ったら、指導俳優にしたがってください。この人たちです」

　倉橋が手を上げると、トラックの荷台からさらに、十人ほどの男たちが降りてきた。まったく同じ制服を着ている。ボビーたちと同じ、フィリピン系に見える。手に、大型ハンマーや斧を持っていた。

「彼らがやれと言ったら、皆さんも暴動者になってください。武器は鉄パイプです。徹底的に叩き壊してください。三台のカメラがそれぞれの角度から撮影します」

　トラックから鉄パイプの束とヘルメット、それにマスクの三点が降ろされる。

　その三点セットが前から順に送られてきた。路子も受け取った。

　彼らの今後の行動はおおむね読めた。

　指導役と紹介された男たちこそ、桜闘会が仕込んだ戦闘員だろう。ロケに見せかけて本物の暴動を引き起こすとは、まさにかつての諜報ギャング『桜闘会』と映画制作プロ『デザイア』の双方を仕切る黒幕、青木俊夫ならではの奇想だ。

　カメラクルーが最寄りの棟に走った。南街区だ。本物のニュース画像としてネットにアップするつもりだろう。一棟だけ破壊するつもりらしい。総理の決断を促進するにはそれで十分だろう。

「では、これから始めます。指導俳優にしたがってください」

　倉橋が顎をしゃくると、先導役の十人が手をぐるぐる回しながら南街区の一棟に向かって走った。

路子たちも紛れて走る。

七階建ての建物だった。エントランスを抜けた。一階の通路に入る。通路の最奥にカメラが一台据えられている。

先頭の戦闘員たちが、各室のドアを大型ハンマーや斧で、叩き壊し始めた。

「ゴー。みんな先頭に飛び出して」

路子は、傍見組配下のアフリカ人たちに告げた。モロッコ人、セネガル人、ケニア人で構成されている。

「OK。シスター」

東南アジア人のエキストラたちをかき分けて、先頭に躍り出た。戦闘員の背中から忍び寄り、いきなり首を絞める。十人が十人を一気に落とした。

「なんだ。そんな指示は出していないぞ」

最奥に陣取ったカメラマンが叫んだ。

「リック、あいつにラリアットを見舞って」

「一発で眠らせますよ」

モロッコ人のリックが、ダッシュし、カメラを覗いたままの男の首に太い腕を打ち付けた。

「ぎゃっ」

「ラルローとヴィシーは他のカメラも襲って」

「セネガル人ふたりに命じた。すぐさまふたりは、通路内でドアを壊すシーンを撮っていたカメラマンたちをキックアウトする。

「淳ちゃんは、カメラを拾って」

言いながら自分もカメラを拾い、レンズをエキストラに向けた。

「これも、演出（ディレクション）なの。彼らが悪漢だったというシナリオよ。だから、この十人をバスに運んで、そこを撮影するわ」

英語で叫んだ。それが功を奏したようだ。フィリピン人が中心のエキストラは、理解を示し、ほかの国の連中にも説明している。

路子とアフリカ人ヤクザが先頭に立ち、二百人の大軍を連れて引き返した。広場に飛び出すと、倉橋と直美が、目を剝いた。踵を返して、アルファードに逃げ込もうとした。

リックが地を蹴った。

膝を曲げたまま倉橋の背中に落ちる。伸ばした右手で、直美の髪を掴んでいた。そのまま引きずり倒す。

「いやっ、何するのよっ」

アスファルト上に仰向けに倒れた直美が、手足をばたつかせていた。路子は、その顔を睥睨（へいげい）するように言った。

「本名、イルザ山本。セント・マルコス・ファミリーの一員ね」

セント・マルコス・ファミリー。エドゥサ革命以前に日本でマルコス利権を担った連中の互助会だ。川崎が調べ上げた。

「くっ。何のことを言っているのよ」

「なんなら、両親の名前を言いましょうか？」

路子は直美ことイルザにスマホの写真を翳（かざ）して見せた。

イルザの顔が一瞬にして蒼ざめた。

「やはり見覚えのある顔のようね」

「ボスに見せてもらった、私のママの写真と同じ顔……私が生まれる前に病死したと」

「この顔の時代に亡くなったのは間違いないわ。ただし病死とは限らない」

イルザの顔から表情が消えた。どう反応していいのかわからないのだろう。蚊の鳴くような声で言った。

「ママが生きていたら、私はマニラのセレブとして育ったはず」

彼女の母、ジーナ・バーグマンこそ、マルコス政権下における対米、対日諜報員だったのだ。ブルーオーシャンのオーナー山本直樹も彼女の色香に落ちていた。

「青木にそう聞かされていたのね」

ジーナはフィリピン人ホステスに紛れてブルーオーシャンに潜伏、訪れた客たちから、多くの企業情報や外交機密を盗っていたが、その情報は必ずしもマニラにだけ流されていたわけではなかった。ソ連系工作員ともジーナは関係をもっていたのだ。

ダブルエージェントとしてジーナがどんな動きをしていたのかは、まだ川崎も調べあげていない。だがいずれにせよ桜闘会の前身である国際諜報機関の工作員だったことに間違いないだろう。

一九八六年二月、マルコス政権の崩壊の直前に彼女は消息を絶った。

スマホが鳴った。液晶に『竹橋印刷』とある。川崎だ。

「加橋がいま、桜田門を出たぞ。血相を変えて、タクシーに乗った」

路子は、スマホを仕舞い大声で叫んだ。

「クランクアップ！　撤収」

後始末は上原とアフリカ人組員に任せることにした。エキストラはギャラを払い集合地に戻す。

捕らえたイルザや倉橋たちデザイアのスタッフは、向島に連行する予定だ。

6

路子は、傍見組系組員百人ほどを一ツ木通り一帯に待機させた。

関西（ニシ）の威勢会（いせいかい）系の『赤瑤金融（せきよう）』の事務所があり、先週から続々と本部組員たちが上京し、守りを固め始めていた。

威勢会は界隈の休業中のスナックやキャバクラに武装組員を待機させ、関東泰明会との一戦に備えているという。

一触即発の状態が作り上げられている。

路子はバブルガムを何粒か一気に口の中に放り込んだ。

夜空をバックにネオンを灯したら、艶（なま）めかしく輝くだろうそのビルも、白い空の下で見上げると、すでに朽ち果てた廃墟のように見えた。

路子は、ビルの裏側に回った。真っ昼間でも、日の当たることのない小路は、黴臭い。

キャバクラ『カサブランカ・レディ』の裏口は、ペンキの剥げた木製扉で、この店の初代の店名である『ブルーオーシャン』のプレートがいまだに貼りつけられたままだった。

表面には、たっぷり金をかけるが、バックヤードには一切気を使わない——水商売の本音がそこに見て取れた。

路子はゆっくり扉を開け、足を踏み入れた。店の構造はすべて横山祐一から聞き出している。

入った先は厨房だった。建設された当時からあるのだろう。現在では考えられないほど広々とした厨房だった。残念ながら長い休業のせいか、ステンレスのシンクや調理台は埃を被っており、足元からは野菜の腐ったような臭いが上ってくる。

古い厨房らしく、灰色の壁には剝き出しのガス管が伝っていた。

『ぐっすり眠ったまま、天国に昇くのが最高』という言葉がある。

築六十年。このビルがくたばるには手頃な年だ。

路子は肩にかけたトートバックから、火薬の入ったビニール袋を取り出し、厨房の床にラインを引くように撒いた。ガス管の伝っている壁際には山盛りにする。

火が入れば、ドカンね。

胸底でそう呟き、ホールへとつながる扉を開けた。これも木製だった。

長い通路になっている。

消灯したままなので、暗い。路子はペンライトを灯し先を照らしながら歩いた。

正面に黒いぶ厚い幕のようなカーテンがかかっていた。ホステスやスタッフの出入り用のカーテンだ。扉よりも使い勝手が良いからだろう。その向こうから男たちの話し声が聞こえるが、まだ内容は聞き取れない。

通路の左右は、いくつかの部屋になっているようだ。路子は足音を忍ばせて進んだ。どの部屋も換気のためか扉が開け放たれている。

進みながら、部屋を覗く。いずれも楽屋だった。かつてはバンドマンやダンサーなども使用していたのだろうが、いまはすべてホステス用のメイクルーム兼ロッカールームのようだ。いくつもの鏡が並び、化粧品も置きっぱなしになっている。三十年前はフィリピーナのホステスが、二か月前までは日本人のキャバ嬢たちが、さぞかし、ここで美を競いあっていたことだろう。嫉妬（しっと）の渦の部屋でもある。

それらの部屋もいまは寝ている。路子は部屋ごとに火薬を撒いて回った。徐々に通路に火薬の臭いが充満してきた。

マッチ一本、火事のもと。

そんなことを思いながら風船を膨らませた。おぉ、と思わず唸った。七色の風船が出来ていた。

ぶ厚いカーテンまで進む。

この先がホールと呼ばれる客席だ。横山の話では、六十年前の様式通り、円形ステージを囲む形でボックス席が階段状に配置されているそうだ。ラスベガスのディナーショースタイルだという。ステージには時折黒人バンドが入るが、キャバ嬢のダンスショーのほうが人気があるそうだ。プロよりも素人芸のほうが受ける時代らしい。

カーテンに耳をつけると、男たちの声が入ってきた。

「晴海が爆破出来なかったら、総理は法案提出に動かない。そうなったら、アメリカもオリンピックには選手を出さないって話になりますよ。金の回りが止まってしまう」

首相補佐官、高野正勝の声のようだ。

「まったくマー坊の仕事は相変わらず三拍子(ワルツ)だな。あれだけ賄賂用の金を回してやったのに、まだ総理も役所もまとめきれないとは、遅すぎだぜ。ここは十六ビートで決める場面だろ」

これは青木の声だ。

路子は、カーテンをわずかに開き、ホール内を覗いた。いちばん手前のボックス席の前で、三人の男が立ち話をしていた。一番手前のボックス席の前だ。

「青木さん、リズム感の話はやめてくださいよ。そもそもあの日、僕の右足の親指の骨が折れなかったら、人生は変わっていたんですから。いまでも梅雨の時期は痛むんですよ」

グレーの光沢のあるスーツに身を包んだ高野が、よく磨かれた革靴の爪先を上げて見せている。

「それを言ってくれるな。だからこそ、俺は三十年以上もマー坊の支援をしている。これからだっていくらでも金は用意するさ。それにしてもここは懐かしい」

青木はステージのほうを見ている。路子の立っている真横がステージだった。銀色の髪を七三に分け、偏光サングラスをかけている。スーツは濃紺に縦縞のダブルだ。映画制作プロの社長と知らなければ、ヤクザにしか見えない。

「僕は、ぞっとしますね。あのとき運んだドラムケースの中身が死体だったなんて、まったく知らなかったんですから。青木さん、あの時はマリファナだって言っていたじゃないですか。それだけでもヤバイことだとは思っていましたが、マリファナの受け渡しを手伝うのと、遺体遺棄とは全く違いますよ」

高野が唇を震わせている。

「マリファナではなく、腐葉土がたくさん入っていましたがね。あれはマリファナに見えなくもなかった」

にやけた声で言っているのは警視庁刑事部長、加橋稔だ。

加橋は高野の大学の後輩だった。三田(みた)の名門私立大学の軽音楽サークル『ヘビーミュージックソサエティ』で高野が二年先輩。高野がドラムで、加橋はギターだったそうだ。

その後、高野は大手商社へ進み、四十歳で政界に転じている。民自党の公募で採用されたのだ。以後、防衛族議員として五度の当選を重ねている。閣僚適齢期だ。

加橋は国家公務員I種試験に合格後、警察庁へ入庁している。

「ジーナは、マリファナに腐葉土を混ぜて、水増しして捌いていたんだよ。あれじゃ、ソ連の工作員にやられてもしょうがないさ。思い出すよ。ジーナがやられたのは、二月十五日のことだ。このステージの下でやられた。奈落の底に落ちるとはよく言うものだが、彼女は、みずから奈落に下りて行って撃たれた。俺がドラムを叩いていた真下だよ」

青木が言っている。

それが青木が大金を得るきっかけだったわけだ。路子は耳を欹てた。

「まさか、その遺体を担がされたとは、三十年気が付きませんでしたよ。あのとき僕は素手で持ち上げていたんですから」

高野は顔を顰めた。

加橋が割って入るように言う。

「特に問題はありませんよ。ドラムケースから指紋が検出されたところで、おふたりは当時、この店のバンドマンだったわけですから。付いていて当たり前なんです。それであの事案は捜査終了です。三十四年前に発見出来なかった警察がだらしなかったんですから」

それで加橋が事件発生と同時に、刑事部長という立場にありながら、現場検証に急行したというわけだ。

高野から依頼させたのだろう。

「あの夜は二月十八日でした。もう三日も経っていたんですね。あの夜の一週間後にフィリピンで政変が起こった。青木さんは、この店のあちこちにジーナの隠し財産があることを知っていた。それも懸命に運び出したんでしょう」

高野が自嘲的に言った。

「思い出話なんていいじゃないか。マー坊があの夜、足の指の骨を折って、そのことから破傷風(はしょうふう)が進み、結果、親指を切断したことに関して、俺はいまだに重い十字架を背負っているつもりだ。ペダルをきちんと踏めていたら、一流のドラマーになっていただろうからな。だからこそ俺はいまでも惜しみない援助を続けているつもりだ。それもこれもマルコス派の隠匿物資があったからだ」

青木は、ステージに上がった。

高野の手を引き、上がらせている。加橋もひょいと飛び乗った。

「恨んでなんかいませんよ。結果、僕もドラマーなんかにならずによかったということです。青木さんじゃないですけど、金儲けのほうがロックンロールより遥かにセクシーに感じます。強制ロックアウト法案が通ると、好きな時に、地価のコントロールが可能になります。治安維持のためなんていうのは右派の連中に向けたポーズで実利はそっちの方が大きい。青木さん、今回の緊急事態宣言や自粛要請の期間に、相当な地上げに成功してるんでしょう。表向きにはどうにか評価額を維持しながらも、業販取引では、不動産価格は下落している。銀座も六本木も相当買い占めたでしょう」

「まぁな。これで強制ロックダウン法が成立したら、さらに値崩れに拍車がかかる。資金ショートを起こす企業も増える。買い叩けるだけ叩いて手に入れるさ」

完璧な利権ゴロだ。

「先輩、わたしもそろそろ警視庁にはいづらくなってきました。築地の件もすぐに現場に出向いて指紋は拭き取ったんですから」

加橋が言った。

「わかっている。時効とは言え、まさか現職の国会議員が、三十四年前の死体遺棄に関わっていたなんてことがバレたらまずいものな。加橋はこれまでもよくやってくれた。だからここに呼んだんだ。選挙資金は青木さんに用意してもらう。党には僕が繋ぐ。明日にでも辞表を提出して選挙準備に入ることだ。衆議院の解散は予想より早いかも知れない」

　高野が加橋の肩を叩いた。加橋は嬉しそうに頷いた。

　路子がスマホを取り出し、庵野へ動くようにとラインを打とうと指を動かした瞬間だった。

　鈍い音がした。錆びた歯車が回るような音だ。

　路子はこっそり、ホールに足を踏み入れた。

　体勢を低くしたままステージを見上げる。三人の男の身体が、奈落に沈んでいく。ステージ中央にある昇降機が下がりだしているのだ。舞台装置だ。

　路子はスマホを握ったまま、ステージによじ登った。匍匐前進で穴の開いた位置へ進む。

「この柱の下だ。ジーナがトランクを十個埋めているはずだ」

　ステージ下の青木が言った。鉄の柱の真横だ。驚いたことに、ステージ下は土だ。

「まだ、残っていたんですね」

「あぁ、当時南平台にあったフィリピン大使館から、マルコス派の連中がせっせと運んできた金塊だ。オーナーの山本とジーナがここに埋めて、事件が風化した後に取り出し、マルコス派の再興のために使おうとしたのさ。ＫＧＢがそれを嗅ぎつけて、新たなトランクを埋めていたジーナを撃ったんだ。俺はその遺体の処理を山本に頼まれた。素性がバレちゃいけない女だったんだ。俺は黙って引き受けた。山本から二万ドルもらったよ」

青木が隅にあったスコップを手に取った。二本ある。山本とジーナが使っていたものだろう。高野と加橋が進んで受け取った。

「そのKGBの工作員はどうなったんですか？」

加橋が訊いた。

「山本が殺ったと思う」

「山本さんは？」

「この土地を狙っていた韓国のマフィアに消された。俺は二万ドルの他にも二階のオーナー室にあった金塊をかっぱらった。時価にして五億はあった。だが、地下を掘り起こす前に、二月二十五日がやってきちまった。いきなりオーナーが消されて、警察がうろつくようになり、俺はバンドを解散して逃げた。関わり合いになりたくなかったからだ」

「しかし、青木さん、辛抱強く待ちましたね」

高野がスコップを動かし始めながら言った。

「商売が順調だったぶん、リスクは避けたかっただけさ。それに、昭和キャバレーの遺産としてこのビルを壊そうとする経営者はいなかった。逆に言えば、最も安全な隠匿場所ってことで放っておくことにした。ところが五年前、華岡観光の横山が一階だけを借りてキヤバクラを始めた。バブル時代を思い出させるショーも再開させた。時代がまた回ってきたんだろうな。バカ当たりだ」

「確かに、この五年ぐらいはバブル期の再来のような浮かれようでしたよね」

資金を得た横山は、このビルをすべて買収し、建て替えを計画した。あらたにシアターキャバを、作ろうとしたのだ。

それでこいつらに命を狙われた。

「まぁ、いいじゃないですか。さっさと掘り出して、ずらかりましょう。現在の価値で五十億はくだらないと思いますよ」

加橋が言っている。

こいつも含めて、悪党どもの闇処理だ。

路子は、スマホを押した。庵野に動くように命じた。威勢会の赤坂事務所に銃弾を撃ち込んだはずだ。

五分で、大暴動が起きる。

路子は、立ち上がりステージの周囲を見回した。上手の柱の脇にいくつかスイッチがあった。

弄(いじ)ってみる。

ぼっとステージの上の照明が付いた。

「誰だっ。おいっ、桜闘会はいないのか。きちんと警備をしろよ」

青木の声が上がってくる。桜闘会の本ボスは青木だ。ジーナの死以降、青木が豊富な旧マルコス派の資金を活用して桜闘会を乗っ取ったのだ。表では映画制作プロの代表として芸能界、政界の工作を、裏では独立系ヤクザを動かして恫喝をしていたということだ。

ステージの向こう正面にあたるエントランス方向から足音が聞こえてきた。用心棒たちはロビーに待機させていたようだ。

「うるさいわね」

路子は、並んでいるスイッチをかたっぱしからオンにした。

ホールの客電（観客席側の照明）が点き、店の全貌が現れる。キャバクラというより、ちょっとした劇場だ。

ミラーボールまで回りだした。

ようやく鈍い音がして、昇降機が上がる。

「こら、塞ぐなっ。下ろせ」

青木の叫びが聞こえた。路子はステージの中央へ駆け寄った。奈落の底から半畳ほどの板が上がってくる隙間から、上着を脱いで、スコップを握る、国会議員と警視庁刑事部長の姿が見えた。

「ねぇ、おっさんたち。ちゃんと金塊、掘り上げてね」

路子は闇に向かって叫んだ。

「おまえは、組織犯罪対策部の黒須じゃないか」

加橋の目が大きく見開かれた。いまにも眼球が飛び出しそうだ。青木と高野も頬を引き攣らせていた。その三人の顔が、せり上がってくる板に隠れていく。

「骨は拾ってあげるわ」

ステージの穴がバチンと締まる前に言ってやった。

「おい村上……」

青木の怒声が板の下で、小さく聞こえた。

路子はステージの上から客のいないホールを見渡した。赤い羅紗（らしゃ）のソファ席が階段状に並んでいた。左右も奥行きも広い。天井には四基のシャンデリアだ。

まさにラスベガスの豪華絢爛（ごうかけんらん）たるシアターレストランの様相をしている。ステージにエルビス・プレスリーが立っていてもおかしくない。

耳を澄ますと昭和の喧騒（けんそう）が聞こえてきそうだ。

一旦、袖に戻り、ミラーボールと記されたスイッチを上げた。

突如としてホール内に星屑が回り出す。

走馬灯のように、在りし日の『ブルーオーシャン』の夜が映し出されているかのようだ。

ここでフィリピン人ホステスに囲まれ夜な夜な闇ビジネスの商談をしていた外交官と政商たち。

青木はドラムを叩きながら、その光景を夜ごと眺めていたのだろう。ステージ袖には高野がいたことだろう。

路子はバルコニー席に視線を上げた。オペラハウスのようなバルコニーだ。

米ソの諜報員たちは、あのあたりから、じっとカモになるビジネスマンや外交官を探していたのだろうか？

ジーナ・バーグマンがバルコニーから手を振っているような錯覚を得た。

一九八六年。この店では幸福な夜が続いていたことだろう。それが一瞬にして消えた人々がいる。母国の革命によって人生が狂った人たちだ。

なにも大使館員や政商ばかりではない。この店にいたフィリピン人ホステスやボーイたちも、彼らの富から分配を得ていたはずである。

突然、昨日と違う今日がやってくる。そして昨日には戻れない。いま、世界中の人々が感じている状況に似ていたのかも知れない。

「おいっ、おまえ、そんなところで何している」

ステージの真っ正面、ボックス席の最奥にある扉の方から十人ほどの男たちが駆け込んできた。

ミラーボールが回っているせいで、なんとも劇的に見えた。

男たちの手にはナイフや鉄パイプが握られている。

一番後ろから、ダブルのスーツを着た村上幸太郎が、鷹揚に通路を歩いてくる。スロープ状の通路だ。ポケットに両手を突っ込んでいた。

「大ボスなら、ステージの下で喚いているけど」

路子は、ステージからホールに飛び降りた。

「なんだとっ」

村上が、ポケットに手を突っ込んだまま、肩を怒らせた。

「あんたらは、ヤクザを装った諜報機関。それも金になるならどこの国でも相手にする無節操ぶりよね」

桜闘会が米軍キャンプの所在地に飲食店を多く出店しているのは、ひとりでも多くの軍人を取り込むためだ。

路子は尻ポケットから拳銃を抜いた。

男たちが引き下がった。

かまわず、足元に発砲する。

男たちが通路の上でタップダンスを踊る。村上はポケットから両手を出し、真横のソファへと飛んだ。

「あんた、公安だな。生かしちゃおけない。おいっ、やっちまえ」

村上が演出家のように手を上げた。

ステージの真っ正面。

上手と下手のバルコニー席の切れ目にある壁のガラス窓がすっと開いた。投光室だ。そこから直径三十センチほどの筒が伸びている。

「へぇ、なるほど凄い舞台道具を持ち込んでいるみたいね」

一見、スポットライトのような形をしたバズーカ砲だった。砲身が路子の額を狙っている。さすがに背筋に冷たい汗が流れ落ちた。

「どうやら、私もここまでのようね。待って、せっかくだから、マトをちゃんと作ってあげる」

路子は自分でも芝居じみているな、と思うセリフを吐きながら、風船ガムを大きく膨らませた。七色のレインボーバブルがミラーボールに映えた。

狙うならここだという風に、指を当てて見せる。ほんの時間稼ぎだ。

「いい根性してるね、お嬢ちゃん」

村上が、右手を大きく挙げる。

撃てのサインを出すために、手首を曲げようとした途端だった。投光室がオレンジ色に輝いた。ガラス窓が割れ、バズーカ砲を抱えた男が降ってきた。

砲弾は客席に向かって発射された。

豪華なソファやローテーブルが飛び散る。

庵野が手榴弾を投げ込んだようだ。

同時に怒声があがり、正面の扉は開き三十人ほどのヤクザが押し入ってきた。全員、金属バットや拳銃を握っている。

「おんどれらも、関東泰明会だな、死にさらせっ」

先頭の防塵マスクをしたいかつい男が、いきなり金属バットを振り上げた。関西の威勢会だ。角刈りにジャージの男が顎をしゃくった。

「違う。俺らは横浜の者だ。泰明会じゃねぇ」

村上が顔の前で手を振って抗弁している。

とその時、ステージの横の大型スピーカーから傍見の声が響く。

「村上さん、予定通り威勢会を追い込みましたよ。あとはよろしく」

投光室の真横のガラス窓にも明かりが灯った。傍見が音響室に忍び込みマイクで囃し立てているのだ。

村上の顔が真っ赤に染まりパンクしそうになった。十人ほどの桜闘会の組員は一斉に舞台の方へ駆け出した。

「追え、いてまえ！」

村上は必死に「違う」と顔を振っていたが、その額に威勢会の角刈り男の鉄パイプが振り落とされた。

傍見が洒落たカウントダウンを入れた。

スピーカーから大音量で中森明菜の『デザイア』が流れ始めた。この曲が終わる前に脱出しろということだ。

路子はホール内で揉み合う桜闘会と威勢会の間隙を衝き、エントランスへと走った。

大劇場のロビーのような広さのエントランスもすでに修羅場と化していた。

ここは傍見組と威勢会の乱闘だ。鉄パイプを振りまわす傍見組が押している。真っ白な壁に往年のスターのポスターのように額に入ったキャバ嬢の写真が並べられていたが、どんどん落ちていく。どんなに栄華を誇っても、落城するときはこんなものだろう。

路子はまどろっこしい回転扉に苛立ちながらも表通りに飛び出した。

デザイアはすでに間奏を越えている。

ほぼ同時に傍見も出てきていた。

「姐さん、走って」

傍見が、赤坂通りに向かって駆け出した。テレビ局の前にエルグランドが十台、列をなしていた。

先頭車の後部席に乗り込む。

「庵野に退けといえ」

傍見がインカムをつけた運転手に、そう伝えた。

そろそろエンディングに近づきそうだ。

「みんな鉄パイプを捨てて、降参して逃げてきます」

キャバクラ『カサブランカ・レディ』のほうを見つめていた運転手がレンジをDに入れながら言った。

傍見組の組員の持つ鉄パイプの柄の部分にダイナマイトが仕込んである。今頃はホールにもエントランスにも散らばっているはずだ。

傍見が座席に置いてあったリモコンボックスを膝に乗せた。

「私も、たっぷり火薬を撒いてきたわ」

組員たちが次々に居並ぶエルグランドに飛び乗っている。

最後に庵野が、全力疾走で戻ってきた。事の次第を何も知らない威勢会は追おうとはせず、店の前で、怒声だけを浴びせていた。

「一瞬でも関東を獲った気分でいるんでしょうな」

庵野が後方のエルグランドに乗り込むのを見届けると、傍見は、リモコンの赤いボタンを押した。

「真っ逆さまに、みんな落ちちゃいな」

路子は『デザイア』のメロディを口ずさんだ。

突如、キャバクラ『カサブランカ・レディ』のエントランスが火を噴いた。

関西からやって来た威勢会の組員たちが宙に舞った。フライングボディプレスを決めるレスラーたちのような恰好だ。

そこからは早かった。

二次爆発、三次爆発が起こり、ビルのてっぺんから青い火柱が上がった。

青色花火を混ぜてあるのだ。自粛解除へ向けての狼煙だ。

一度芝浦まで退いて、一時間後、路子たちを乗せたエルグランドだけが、赤坂に戻ってみるとビルは骨組みだけになっていた。

かつてのブルーオーシャンも、ジーナと同じ恰好になってしまったということだ。

「晴海じゃなくて赤坂で大暴発となってしまいましたが、総理は妙な法案を出してこないでしょうな」

傍見が訊いてきた。

「これは一般市民の暴動じゃなくて、単純なヤクザ同士の抗争だもの。明日にでも終結宣言を出したら、それでおしまいよ。しばらくは、自粛解除後も、誰も外に出ようとしないでしょうから、最高の抑止力になるんじゃない」

路子は、風船ガムを膨らませた。

「姐さん。極道を使い切りますね」

傍見が角刈りの頭を撫でた。

「解体工事は泰明建設でお願いね。金田会長も宝探しは大好きでしょう」

「へぇ。すぐに準備します」

傍見が頷くのを横目で眺めながら、路子は、富沢に報告するためスマホを取った。現場検証は、どうしても富沢の指揮でやってもらわなければならない。

銀座まで送ってもらうことにした。街は静かだ。三月下旬からの二か月間はとんでもなく長く感じた。路子は、しばらくは、家にいようと思う。

――STAY・HOME・TOKYO・2020。

このフレーズ、たぶん今年の流行語大賞。

そんなことを思うのは不謹慎だろうか？

本作品はフィクションであり、実在の個人・団体などとは一切関係がありません。

悪女刑事　東京崩壊

一〇〇字書評

切り取り線

購買動機（新聞、雑誌名を記入するか、あるいは○をつけてください）

□（　　　　　　　　　　　　）の広告を見て
□（　　　　　　　　　　　　）の書評を見て
□ 知人のすすめで　　□ タイトルに惹かれて
□ カバーが良かったから　　□ 内容が面白そうだから
□ 好きな作家だから　　□ 好きな分野の本だから

・最近、最も感銘を受けた作品名をお書き下さい

・あなたのお好きな作家名をお書き下さい

・その他、ご要望がありましたらお書き下さい

住所	〒				
氏名		職業		年齢	
Eメール	※携帯には配信できません		新刊情報等のメール配信を 希望する・しない		

この本の感想を、編集部までお寄せいただけたらありがたく存じます。今後の企画の参考にさせていただきます。Eメールでも結構です。

いただいた「一〇〇字書評」は、新聞・雑誌等に紹介させていただくことがあります。その場合はお礼として特製図書カードを差し上げます。

前ページの原稿用紙に書評をお書きの上、切り取り、左記までお送り下さい。宛先の住所は不要です。

なお、ご記入いただいたお名前、ご住所等は、書評紹介の事前了解、謝礼のお届けのためだけに利用し、そのほかの目的のために利用することはありません。

〒一〇一－八七〇一
祥伝社文庫編集長　坂口芳和
電話　〇三（三二六五）二〇八〇

祥伝社ホームページの「ブックレビュー」からも、書き込めます。
www.shodensha.co.jp/bookreview

祥伝社文庫

悪女刑事(あくじょデカ) 東京崩壊(とうきょうほうかい)

令和 2 年 7 月 20 日　初版第 1 刷発行

著　者　沢里裕二(さわさとゆうじ)

発行者　辻　浩明

発行所　祥伝社(しょうでんしゃ)
東京都千代田区神田神保町 3-3
〒101-8701
電話　03（3265）2081（販売部）
電話　03（3265）2080（編集部）
電話　03（3265）3622（業務部）
www.shodensha.co.jp

印刷所　堀内印刷
製本所　ナショナル製本
カバーフォーマットデザイン　芥 陽子

 ISBN978-4-396-34651-5 C0193

祥伝社文庫の好評既刊

沢里裕二　淫爆(いんばく)　FIA諜報員 藤倉克己(ふじくらかつみ)

爆弾テロから東京を守れ！　あの『処女刑事』の著者が贈る、とっても淫らな国際スパイ小説。

沢里裕二　淫奪(いんだつ)　美脚諜報員 喜多川麻衣(きたがわまい)

現ナマ四億を巡る「北」の策謀を阻止せよ。局長の孫娘にして英国諜報部仕込みの喜多川麻衣(きたがわまい)が、美脚で撃退！

沢里裕二　淫謀(いんぼう)　一九六六年のパンティ・スキャンダル

一枚のパンティが領土問題を揺るがす。蠢く大国の強大なスパイ組織に対して、体を張ったセクシー作戦とは？

沢里裕二　六本木警察官能派　ピンクトラップ捜査網

ワルい奴らはハメる！　美人女優を脅迫者から護れ。これが秘密護衛チーム、六本木警察ボディガードの流儀だ！

沢里裕二　悪女刑事(デカ)

押収品ごと警察の輸送車が奪われた！　狙った犯人を絶対に逃さない女刑事黒須路子の㊙作戦とは？　極悪警察小説。

沢里裕二　危(あぶ)ない関係　悪女刑事(デカ)

警察を裏から支配する女刑事黒須路子。ロケットランチャーをぶっ放す、神出鬼没の不良外国人を追いつめる！

祥伝社文庫の好評既刊

安東能明　ソウル行最終便

日本企業が開発した次世代8Kテレビの技術を巡り、赤羽中央署の疋田らが韓国産業スパイとの激烈な戦いに挑む！

安東能明　彷徨捜査　赤羽中央署生活安全課

赤羽に捨て置かれた四人の高齢者の身元を捜す疋田。お国訛りを手掛かりに、やがて現代日本の病巣へと辿りつく。

梶永正史　ノー・コンシェンス　要人警護員・山辺努

襲撃に次ぐ襲撃！　銃弾降り注ぐ銃撃戦、白熱のカーチェイス……。警察小説の名手が贈る、圧巻のアクション！

安達　瑶　正義死すべし　悪漢刑事

現職刑事が逮捕⁉　県警幹部、元判事が必死に隠す司法の〝闇〟とは？　別件逮捕された佐脇が立ち向かう！

安達　瑶　殺しの口づけ　悪漢刑事

不審な焼死、自殺、交通事故死……。不可解な事件の陰には謎の美女が。佐脇の封印された過去が明らかに⁉

安達　瑶　生贄（いけにえ）の羊　悪漢刑事

警察庁への出向命令。半グレ集団の暗躍、庁内の覇権争い、踏み躙（にじ）られた少女たちの夢――佐脇、怒りの暴走！

祥伝社文庫の好評既刊

安達瑶
闇の狙撃手 悪漢刑事

汚職と失踪——市長は捕まり、若い女性は消える街、眞神市。乗り込んだ佐脇も標的にされ、絶体絶命の危機に！

安達瑶
強欲 新・悪漢刑事

最低最悪の刑事・佐脇が帰ってきた！だが古巣の鳴海署は美人署長の下、人心一新、すべてが変わっていた……。

安達瑶
洋上の饗宴（上） 新・悪漢刑事

休暇を得た佐脇は、豪華客船に招待される。浮かれる佐脇だったが、やはりこの男の行くところ、波瀾あり！

安達瑶
洋上の饗宴（下） 新・悪漢刑事

騒然とする豪華客船。洋上の孤島と化した船上での捜査は難航。佐脇は謎のテロリストたちと対峙するが……。

安達瑶
悪漢刑事の遺言

地元企業の重役が、危険運転の末に瀕死の重傷を負った。その裏に〝忖度〟と金の匂いを嗅ぎつけた佐脇は——？

安達瑶
密薬 新・悪漢刑事

警察に性被害を訴えていた女子大生が水死体で見つかった。彼女が勤しんでいた高収入アルバイトの謎とは？

祥伝社文庫の好評既刊

安達　瑤
報いの街　新・悪漢刑事
肩身の狭い思いをしていた元ヤクザが、偶発的な殺しの被疑者に。関西の巨大暴力団を巻き込み、大抗争が始まる！

梓　林太郎
信濃(しなの)川連続殺人
旅行作家・茶屋次郎の事件簿
恩人と親密だった芸者を追う茶屋。信濃川から日本海の名湯・岩室(いわむろ)温泉に飛んだ！　芸者はどこに消えたのか？

梓　林太郎
千曲(ちくま)川殺人事件
旅行作家・茶屋次郎の事件簿
茶屋次郎の名を騙(かた)る男が千曲川沿いで殺された。奥信濃に漂う殺意を追って茶屋は動き始める……!!

梓　林太郎
四万十(しまんと)川　殺意の水面(みなも)
旅行作家・茶屋次郎の事件簿
高知・四万十川を訪れた茶屋次郎。案内役の美女が殺され、事態は暗転……。茶屋の運命やいかに？

梓　林太郎
筑後(ちくご)川　日田往還(ひたおうかん)の殺人
旅行作家・茶屋次郎の事件簿
茶屋は大分県・日田でかつての恋人と再会を果たす。しかし彼女の夫には殺人容疑が。そして茶屋にも嫌疑が!?

梓　林太郎
納沙布(ノサップ)岬殺人事件
旅行作家・茶屋次郎の事件簿
東京↔釧路を結ぶフェリーから男の死体が発見される。たまたま乗り合わせた茶屋に、殺人容疑がかけられた！

〈祥伝社文庫　今月の新刊〉

矢月秀作
壊人（かいじん） D1警視庁暗殺部
著名な教育評論家の死の背後に、謎の組織が……。全員抹殺せよ！　暗殺部に特命が下る。

江上　剛
庶務行員 **多加賀主水の憤怒の鉄拳**（たかがもんど／ふんぬ）
不正な保険契約、ヘイトデモ、中年ひきこもり……最強の雑用係は屈しない！

大倉崇裕
秋霧（しゅうむ）
殺し屋VS.元特殊部隊VS.権力者の私兵。紅く燃える八ヶ岳連峰三つ巴の死闘！

盛田隆二
焼け跡のハイヒール
戦争に翻弄されつつも、鮮やかに輝く青春があった。看護の道を志した少女の恋と一生。

小路幸也
春は始まりのうた マイ・ディア・ポリスマン
犯罪者が〝判る〟お巡りさん×スゴ技をもつ美少女マンガ家が活躍の交番ミステリー第2弾！

南　英男
悪謀 強請屋稼業（ゆすりや）
殺人凶器は手斧、容疑者は悪徳刑事。一匹狼探偵の相棒が断崖絶壁に追い詰められた！

山田正紀
恍惚病棟（こうこつ） 新装版
死者から電話が!?　トリックを「知ってから」さらに深みを増す、驚愕の医療ミステリー。

沢里裕二
悪女刑事（デカ） **東京崩壊**
新型コロナで静まり返った首都で不穏な事件が続出。スーパー女刑事が日本の危機を救う。

小杉健治
悲恋歌（ひれんか） 風烈廻り与力・青柳剣一郎
心の中にこそ、鬼は巣食う。剣一郎が、花嫁が消えた密室の謎に挑む！　愛され続け、50巻。